番所医はちきん先生　休診録

井川香四郎

幻冬舎時代小説文庫

番所医はちきん先生
休診録

目次

第一話　大江戸桜吹雪

一

隅田川の河口近く、永代橋の下で土左衛門が見つかったのは、初夏に相応しい暖かい朝だった。まもなく待ちに待った川開き、花火が上がる時節だっただけに、出鼻を挫かれるような事件だった。

土手堤に引き上げられた土左衛門は、着流しに脇差しを帯に挟んだ侍だったが、白魚漁師が見つけたときには何処の誰兵衛かはまったく分からなかった。

江戸北町奉行の定町廻り筆頭同心・佐々木（ささき）康之助（やすのすけ）が、元勧進相撲力士の岡っ引・嵐山（らんざん）に案内されて駆けつけてきたときには、すでに橋番の番人や下っ引たちが水死体に筵（むしろ）を被せ、野次馬たちを蹴散らせていた。

「ご苦労様でございます」

下っ引の文吉（ぶんきち）が腰を折って声をかけた。嵐山の手下である。腹の突き出た大柄な嵐山と正反対で、文吉はねずみのように小柄で、尖った口もねずみを思わせた。

「身投げのようだと聞いたが」

佐々木はいかにも定町廻りらしく、意志が強そうであり、厳格な態度と顔つきだった。六尺近い偉丈夫で、隙のない身のこなしも武芸者そのものであった。

「へえ。まだ夜が明ける少し前に、この永代橋の上をうろついている人影を、見ていた漁師もいるそうです」

河口の〝汽水域〟には鱸（すずき）や鯔（ぼら）、鮒（ふな）など色々な海水魚と淡水魚がいるが、江戸名物の白魚漁も未明に行われることが多かった。永代橋の橋の両袂には番小屋があるものの、通行を許す前の刻限なのに見落としていたのであろうか。

昔は深川の渡しのあった流域で、江戸湊と繋がっており、沢山の船が往来するため、船手番所も置かれていた。長さ百十間、幅は三間余り、海水が遡上してくる満潮時でも、帆船が往来できる程の高さがあった。

橋の上からは、富士山や箱根の山々、筑波山、安房上総の峰々が四方に見渡せる絶景ゆえ、往来する人々は必ず足を止める。だが、ここから飛び降りようと考える者は、めったにいないであろう。

永代橋は元禄年間に架橋されたが、立派な橋だから維持費が大変だった。かの八代将軍吉宗は廃橋を決めたものの、町人たちの嘆願によって、維持が認められた。その代わり修繕代などは、町人が負担することとなったので、通行料を取っていたのだ。

文化年間になって、事もあろうに深川富岡八幡宮の祭礼日に、永代橋が転落した。大勢の人々が集まる祭りが災いとなったのだ。押し寄せた群衆の重みに橋が耐え切れなかったのだ。

しかも、数日前の大雨の影響もあって、船手組らの救援も及ばず、死者と行方不明者を合わせて千四百人余りの大惨事となった。だが、すぐに建て直され、天保の当世も、交通往来の要として使われている。

その巨大な橋脚を見上げながら、佐々木は呟いた。

「世を儚んだのかもしれぬが、なにもこんな所から飛び降りなくても……」

自害であっても、一応、事件として調べるのが定町廻りの役目である。

「でやすよね」

文吉が筵を取った。その土左衛門の顔を見て、佐々木はアッと息を呑んだ。

「これは……」

「ご存じなんですかい」

横合いから嵐山が声をかけると、佐々木はしゃがみ込んで凝視しながら、

「間違いない。養生所見廻り与力の鈴木馬之亮様だ」

「えっ、町方の与力様……！」

「ああ、うちの北町だ」

定町廻りは与力を長としない、同心のみで構成される部署だ。が、町奉行所で分課されているほとんどの役職には与力がおり、その配下として同心が勤めている。

小石川養生所見廻りには、諸事統括する与力が二名と、会計や病室巡廻をする同心十人が交替で詰めていた。

幕府寄合の御医師、小普請医師などが出役し、本道、外道にそれぞれ二名、眼科医が一名、常在していた。その下に看護役や雑用係の中間、女患者のための世話女などが住み込みで働いていた。

それらを指揮する与力は〝医事行政〟にあって重要な役目であるため、町奉行内

でも清廉潔白で慈悲心に満ちた者が抜擢される。ましてや自害するような精神の持ち主は、任命されることはなかった。

佐々木は痛々しげに死体を改めながら、

「鈴木様は五歳くらい年上だが、俺が町奉行所に入った頃、色々と世話になった。その頃は、ふたりとも町会所掛りでな」

「そうでやしたか……」

嵐山も同情の目で瞑目した。

「町年寄三家は元より、江戸市中の町名主の所にも顔を出して、色々と町政について教えてくれた。それが定町廻りになってからも、随分と役に立ってるのだが……」

無念そうに佐々木は、すっかり冷たくなっている鈴木の頬に掌を当てた。

その時、「おや」という目になって、衿を少しずらして、首の根っこを凝視した。

そこには、何かにかぶれたような斑点が散らばっていた。同時に、橋桁を見上げて、深い溜息をついた。

「――こいつは……あそこから飛び降りて死んだんじゃないな」

「えっ。どういうことです」

「見てのとおり、何か毒でも飲んだような痕がある」

「怖くないように、眠り薬でも沢山飲んで、飛び降りたんじゃ。ある種の眠り薬は、そんな斑点ができると聞いたことが……」

「どうだかな。たしかに、首や肩などの骨が折れてはいるが……よくよく調べてみないと分かるまい。飛び降りたにしちゃ、打ち所がおかしい気もする」

佐々木の顔はみるみるうちに、疑念に満ちて紅潮してきた。

その日のうちに――。

北町奉行所内では「与力が自死した」という話が広まっていた。

読売屋が嗅ぎつけると、あることないこと書き立てて大騒ぎにするだろうから、〝箝口令〟が敷かれていた。

奉行所内ではまるで野次馬が集まるかのように、玄関を入ってすぐの与力番所の前に、町方役人が集まってきていた。押すな押すなの大騒ぎである。

「こら、順番を守れちうに」

白髪混じりの年番方与力・井上多聞が両手を広げて止めようとしている。

だが、与力や同心たちは子供たちのように擦り抜けて前へ前へと進み出ようとする。人気の歌舞伎役者でも来たのかと思うような騒動は、玄関を隔て反対側にある詮議所やお白洲にも聞こえるほどだった。いや、表門の外まで伝わっているかもしれぬ。

北町奉行所は呉服橋門内にある。

目の前は大店がずらりと軒を並べる日本橋の一等地。金座の後藤家なども多い。

数寄屋橋門内にある南では雰囲気が違う。南町の方が美しく上品な感じがするのは、享保年間の大岡越前の影響と言われており、今の南町奉行・鳥居甲斐守耀蔵にも受け継がれている。

それに比べて北町は、庶民的な感じだ。若い頃は〝利かん坊〟で芝居小屋の居候だったという噂の、遠山左衛門尉景元が町奉行だからかもしれぬ。

いずれも大名並みの長屋門構えで、二千数百坪もある屋敷は、江戸庶民から『御番所』と呼ばれるほど、近づきがたい威厳があった。三千石の旗本職に過ぎない、しかも町人を扱う役所なのに立派なのは、

――町人こそが世の中を支えている。

という根本思想に拠る。

民百姓を大切にしない為政者は悉く破滅しているのが世の常である。

町奉行とは、罪人を裁くだけの役所ではない。行政、司法、立法をすべて担う役目があった。現代で言えば、東京都庁と警視庁、東京地検を兼ねており、しかも〝通達〟という条例を発令する権限がある。

今日も、表門から式台にかけて、真っ直ぐに伸びる敷石を歩いてくる〝その女〟の姿を、与力や同心たちは指を咥えて見ていた。

両側に積まれた玄蕃桶ですら、転がり落ちるほど、匂い立ついい女だった。

着飾っているわけではない。むしろ化粧っけはなく、地味な柄で色合いの小袖に白衣を纏っている。

顔だちは凛として、眉には気品があり、目元には情愛が漂いつつも、目尻はキリッと気迫が浮かんでいる。唇の横には可憐なえくぼと艶ぼくろ。黒い瞳は常に真っ直ぐ前を見ており、虫も寄せ付けないような清潔感が漂っていた。〝その女〟を目の前にすると、出仕してきた与力や同心も思わず襟を正すほどだった。

奉行所の玄関の屋根は高く、柱や梁は総檜であるが、事件や雑事に追われている与力や同心はしみじみ見上げることはない。だが、〝その女〟が十日に一度、奉行所に現れるときは、柱や梁も輝いて見えた。

もっとも、町人が入れるのは玄関脇の当番所のみ。訴えを受理する所と、お白洲の控え室である『町人溜まり』くらいであった。だが、〝その女〟は、武士待遇で与力詰所に案内されるのが慣わしだった。

玄関から奥に入った所に、物書所という与力次席、同心、下役などの待機部屋があり、さらに年番方与力や各役職の同心詰所が並んでいた。

その一角の診察部屋において、〝その女〟は、町方与力と同心、捕方や町方中間、小者らの〝検診〟をするのである。

「これ、順番に並べと言うとるのが、分からんのか、このたわけども」

井上が悲鳴のような声を上げ続けている。

年番方というのは定年間近の古参であり、奉行直々に命令を受ける重役だ。それを押し退けてでも、我先にと検診を受けたがる役人たちの気持ちに、井上は呆れ果てていた。

町奉行所には四十数種類の役職があり、それぞれに与力が二、三人、同心が数人から十人ほど担っている。その人事や総務を担っていたのが年番方である。井上の胸下三寸で出世にも響くが、今日の役人たちは常軌を逸しているかに見えた。

玄関前から中番、物書所、この年番方詰所は、出仕の刻限は混み合うが、今日は〝達者伺い〟ゆえ、与力と同心が一斉に、年番方詰所の横手にある診療部屋に集まっている次第だ。〝達者伺い〟とは今でいう健康診断である。

南北奉行所には、それぞれ与力二十五騎、同心百二十人が勤めていた。それ以外に、中番という同心格、雑用係の下番(げばん)、町方中間に捕方などを含めると、南北の奉行所にはそれぞれ五百人ほどいた。

その者たちが、一斉に、〝その女〟見たさに押し寄せてきたのだから、もはや収拾がつかなかった。相変わらず、町奉行所内とは思えぬような罵声も飛んでいる。

理由は――

達者伺いに来る美しい女医者の顔を拝み、体を診て貰うためである。

診断は十日に一度だが、二、三日に一度は、ここに常在して、病気の相談や怪我の手当てなどもしている。

明るくて親切丁寧、しかも男に媚びない凛然とした女の「番所医」に、町方役人たちは鼻の下を伸ばしっぱなしなのだ。「番所医」とは、町奉行所勤務の医者のことをいう。

錦絵に出るような麗人で、美剣士のような凛とした態度が、与力や同心の心を擽るのである。男社会の町奉行所にあって、女が出入りすることだけでも珍しい。それゆえ、今日の〝達者伺い〟であっても、執務を忘れて集まってきている次第だ。決して、与力が自殺した事件の真相を求めてのことではない。

町方与力や同心という仕事は、花形と言われる〝三廻り〟だけではない。日々、役所に出仕する〝内役〟の吟味方を始め、物価調査や商売関係を扱う市中取締諸色調掛り、治安警衛や火事場担当の非常掛り、罪人の恩赦や書物を扱う恩赦掛り、選要編集掛り、判例や刑法を扱う御仕置例繰方、当直や臨時出役を担う番方与力、文書管理の物書同心など多岐にわたっている。

さらに町方役人の本分ともいえる〝外役〟には、本所見廻り、町会所見廻り、牢屋敷見廻り、養生所見廻り、往還の荷物の検査などをする高積見廻り、町火消を指導する風烈見廻り、銅吹所見廻り、下馬廻り、門前廻りなどがあって、それぞれが忠実に執務するから、江戸市中の安寧秩序が保たれているのだ。

だから、間違いや失敗が許されない。町人の命や財産に直に関わるからだ。もし何らかの落ち度があれば、御役御免となり、事態が悪化すれば切腹ものである。

それほど緊張を強いられる勤めゆえ、精神的な面の援助もしなければならない。番所医にとっては、それが最も大切なものだった。

——上医は未病の者を病にせず、中医は病の者を治す。

というのが、定説だった。そして、

——下医は健康な者を病人に仕立てて、やたら薬を服用させる。

と続く。

つまり、番所医は、与力や同心の心身の健康状態を常に気遣い、その職務に全力を傾けられるようにする〝軍医〟みたいなものである。戦国時代でいえば、兵士を援護した金瘡医(きんそうい)であろうか。

今日の〝達者伺い〟の騒動は、午前中ずっと続いた。むろん全ての者を見ることはできず、数日に分けて行うこともある。特に、この冬のように疫痢などが流行った場合は、奉行所に居続けることもあった。

奉行所役人たちのために万全を尽くす〝その女〟とは——八田錦——名前から、「はちきん先生」と呼ばれている。

二

本日最後の見立て相手は、定町廻り同心筆頭の佐々木であった。

一日中、鈴木の自害のことで走り廻っていたため、八田錦が奉行所から退散しようとした矢先のことだった。

「間に合ったようだが……別に俺は悪い所はないし、先生、帰っていいぜ」

佐々木のぞんざいな言い草に、錦は慣れていた。

いつも忙しく働いており、内勤ではないから、外に出歩いているのは当然だった。しかも、定町廻りといえば、町方同心になる者には憧れの役職で、犯罪者を捕らえるための〝選ばれし者たち〟である。

その分、仕事は過酷で、ひとたび事件が起こると、寝る間も惜しんで探索をしているが、不思議と他の閑職に行きたいという者は、まずいない。正義感からくるのか、じっとしているのが嫌な性分で、回遊魚のように動いていないと息が詰まるのか。常に走っている印象が強い。

錦は佐々木の顔や体を見るなり、

「ちょっと肝の臓がやられているみたいですね。飲み過ぎと違いますか」

「晩酌をやらなきゃ眠れないのでな」

立ったままの佐々木に向けて、一尺程の細い棒を立てて、片目をつむって見た。体の歪みを感覚で測っているのである。顔の向きや傾き、肩の上がり下がり、脊椎の歪み、骨盤の高低や前後、膝の向きや足裏の皮膚の厚さなども丹念に診る。

診察には、視診、触診、動診がある。人を立たせてみるだけではなく、仰臥伏臥をさせて、頭蓋や肋骨のデコボコ、腰のズレ、足の向きや重なりなども確かめるのだ。

「随分と傾いてますね。先月に比べて酷くなってる。すっかり〝臍曲がり〟になってますねえ。これはいけません」

「臍曲がりは生まれつきでね」

「そういう意味ではなく、〝ケツ曲がり〟ともいって、体の骨格の並びが正常ではないことです。ゆっくり屈伸をしてみて下さい。それから、座敷をぐるりと一周歩いて……」

「もういい」

面倒臭そうに、佐々木は手を挙げた。

「俺たちゃ同心は、腰の刀が重たくてな、体は傾いてるもんだ。一日中、歩いてると体の何処かがおかしくて当たり前だ」

「素直じゃないですね。体の歪みが、心の歪みも生みますよ」

「御託を並べるよりもな、先生……」

座り込んで錦を睨みつけるや、因縁を吹っかけるような口調で、佐々木は言った。

「なんで、鈴木さんのことに気づかなかったんだ」

「えっ……」

「与力や同心のひとりひとりの身も心も守るのが使命だと、いつもぬかしてるくせに、なんで切羽詰まった鈴木さんのことを見逃したんだって訊いてるんだ」

佐々木は鋭い目つきになって詰め寄った。

「何が原因かは俺にも分からぬ。だが、鈴木さんが思い詰めるまで、先生は分からなかったってことじゃないのか。過労で死んだかもしれないしな」

「養生所廻りの鈴木様のことですね」

「ああ、そうだよ」

「他の方々からも、永代橋から飛び降りて死んだと聞きました。父も養生所医師をしていましたから、鈴木様のことは私もよく知っていますので、とても残念でなりません。ですが……ですが……」

「ですが……なんだ」

錦は目尻をキリッと上げて、

「私は、鈴木様が自害するような人だとは思っていません。佐々木様もそうでしょ。だから、色々と調べているのでは」

「――どうして、そのことを……」

まだ奉行所内の人間には話していないのにと、佐々木は心の中で思った。

「誰もが話していることです、鈴木様に限ってそんなって。あの御方は、ただ養生所担当与力ではなく、今日のご飯にもありつけない貧しい人や余命幾ばくもない人に、親身に寄り添っていました。まるで仏様のような御仁でした。私の父親もそうでした……」

　錦はふいに遠い目になった。

「そういや、先生の親父さんも元は養生所廻りの与力で、患者の様子を見るに見かねて、自分の手でどうにかしたいと、医者になったんだったな。なに、俺も初めは鈴木さんに……」

「知っています、だからこそ鈴木様のことが、誰よりも気になるのでしょ」

　心の裡（うち）を見抜いているように、錦は見つめながら、

「鈴木様は自殺するような〝やわ〟な人じゃない。ですが……何かに追い詰められていたような節はありました」

「追い詰められてる……何だ、それは」

「私には分かりません。気になって問いかけましたが、いつもの明るい顔で、誤魔化してました。でも……」

「でも、なんだ」

「先程、検診に来られた本所見廻り同心の伊藤洋三郎（いとうようざぶろう）様が話してましたが、近頃よく、ぶつぶつ怒っていたそうなんです。あの穏やかな鈴木様が」

「ほれみろ。何かあったんだ」

まるで錦のせいでもあるように、佐々木は忌々しげに言った。だが、錦は冷静に佐々木の手首や喉元に触れながら、

「何に対して怒っていたのか、心当たりはありませんか」

「そんなことは知らぬ。先生が見抜いて、事前に気を静めてやるべきだったな」

「本当に申し訳ありません。でも、鈴木様が怒っている原因が分かれば、鈴木様を殺した相手も分かるのではありませんか」

「殺した……だと？」

「佐々木様もそう考えていますよね。だったら、無念を晴らして上げて下さい」

「……」

押し黙ったまま、佐々木は錦を見つめていた。そして、脈に触れている錦の手を握りかえしながら、

「どうせならよ、先生……俺としっとり指を搦め、舌を絡め、体を搦めないか。俺は独り者だし、先生だって……慰めてくれるなら、あれが一番だと思うけどな……」

と引き寄せようとした次の瞬間、イテテテと悲鳴を上げながら、佐々木の体が前向きに倒され床に押しつけられた。後ろ手に捩られたのだ。錦はぐいと腕を捻りながら、

「かなり凝ってますねえ。肩も腰も、だからこのくらいの捻りで関節が痛いんですよ」

「いてて……やめろ、こら……肘が抜けちまうじゃねえか……」

必死に足掻こうとするが、ツボを突かれているのか、体は自由に動かせない。佐々木は悲鳴から唸り声になって、さらにゴホゴホと激しく咳き込んだ。

「あら……」

錦はすぐに決めていた腕を放して、

「変な咳ですね。熱はないようだけれど……」

と額に手をあてがった。

「ふ、ふざけるな……ゴホ……さすが噂どおりの〝はちきん〟だな。男が四人分の玉金を持ってるだけのことはあらあ」

「そう以上言うと、今度は首の骨を外しますよ」

額からするっと頸椎の方に手を廻し、首の付け根にあてがった。額と首を摑まれると、力のある男でも意外と抵抗できないものだ。わずかな痛みがあったが、佐々木は奥歯を噛みしめて堪えていた。

ぐるぐると木偶人形の首を廻す仕草をしてから、錦は軽くポンと突き放した。

「どうです。少しはスッキリしましたか」

「――本当だ……なんか肩凝りが取れたような気がする」

「頭が冴えたところで、鈴木様の悩みや考え事を調べてみて下さいな。他にも、鈴木様のことを案じてた人もいます」

当然のように錦が助言すると、佐々木は立ち上がって、

「言われなくても、そうするよ……ゴホゴホ……」

と背中を向けた。

立て続けに出た佐々木の咳が気になる様子で、錦はじっと見送っていた。

三

江戸城山下御門内にある老中首座・水野越前守忠邦の屋敷には、南北の奉行が呼びつけられていた。

北町奉行の遠山左衛門尉景元と、南町奉行の鳥居甲斐守耀蔵のふたりである。

水野はさすがに大名らしく貫禄があり、老中首座という幕政を牛耳る立場であるから、自信に溢れる表情と態度であった。

だが、不思議と威圧感はなく、持って生まれた温厚な顔だちと大名育ちの物言いのせいか、とても後に『天保の改革』と呼ばれる改革を断行する剛胆な人物には見えなかった。その苦労人らしい穏やかさに、幕府の重職たちはころっと騙されて、何かと協力や支援を惜しまなかったのかもしれぬ。

遠山が勘定奉行公事方から北町奉行になり、鳥居は目付兼勝手掛から南町奉行になっている。年は遠山の方が三歳上だが、同じ西丸に奉公してきた。納戸方と目付という違いはあるが、若い頃から何かと比べられてきたふたりである。

ちなみに、水野は遠山よりもひとつ年下で、四十半ばという同じ年頃の三人が、身分は違えど気が合うのか、こうして話し合いを持つことは珍しいことではなかった。

遠山は代々旗本家のお坊ちゃん育ちだが、若気の至りとはいえ俠客たちと遊んでいた厄介者だった。

それに対して、鳥居は実父が儒家で大学頭・林述斎（はやしじゅっさい）である。旗本の婿養子となり、十一代将軍家斉（いえなり）の側近として、実直に仕えてきた。理知的な風貌とあいまって、言動にも気品があった。それが見ようによっては、「冷徹」と映ることもあった。

「かような刻限に、おぬしたちふたりを呼んだのは他でもない」

月明かりが差し込む奥座敷の中で、水野はいつもとは違う、少し上擦ったような声で言った。遠山と鳥居は、上様に何事かあったのかと、不安げに顔を見合わせた。

「天保の世になって、諸国では毎年のように飢饉が起こり、正体の分からぬ疫病も蔓延しておる。人々の暮らしは塗炭の苦しみに喘いでおり、一揆が起こっている所も多い」

水野は一方的に話し続けた。

「天領の一揆などは代官が対処しているが、それでも大変な場合は、幕府の番方を派遣している。問題はそれよりも……この二、三年の間、流行っていた疫痢だ。所によっては死人も増え続けており、この江戸にもいつ広がるか不安は増しておる。

今日も幕閣らが集まって検討したが、おまえたちもすでに承知しておろうが、疱瘡のような患者が出ておるのだ」

「疱瘡のような……」

遠山と鳥居は同時に訊き返すと、水野ははっきりと「予兆がある」と頷いた。病を治すのが医者の勤めなら、それを事前に広めないようにするのが、政事を預る武士の使命だと語った。

「危ないのはこれからだ。江戸市中には、多摩川や神田上水から引いた水道が張り巡らされておるゆえ、もし病原菌が飲み水などに混じって人々の間に広まれば、あっという間に病に冒されるであろう」

江戸には掘り井戸がない。殊に江戸城周辺から深川にかけては埋め立て地がほとんどなので、掘っても海水しか出てこないからだ。よって、河川から引いた水を、地中に施設した石樋や木樋を通し、長屋などでは溜桝という所に溜める。その水を汲み上げて使っているのだ。

「これまでも繰り返し起こってきた災難だ。しかし、此度のものは、奥医師の篠原慶順の調べによると、これまでの〝御役三病〟とは違うもので、ひとたびかかれば死ぬ病とのことだ」

　水野の言う〝御役三病〟とは、疱瘡、麻疹、水疱瘡のことである。疱瘡とは天然痘、麻疹ははしか、水疱瘡は水疱である。天然痘はかつて、疱瘡神が取り憑いたものであるから、敬って丁寧に追い出す儀式もあったが、天保の世である。長崎を通じて洋学も広がっており、医学の進歩もあった。

　洋学では今でいう細菌やウィルスという病原体の仕業だと分かっていた。とはいえ、目に見えぬもののゆえ、人々には正体不明の恐ろしいものだった。

　時代は少し下るが、コレラが流行ったときは、吐瀉と脱水症状が続いて、わずか三日で死ぬので〝暴瀉病（ぼうしゃびょう）〟と呼ばれていた。まさに悪霊の仕業という噂が広がり、疫病逃れの錦絵や朝鮮人参と偽った薬が飛ぶように売れていた。

「それらの原因が何処にあるのか……奥医師の話では、異国の船がもたらしたのではないかとの懸念がある」

　まだ幕末の開港よりも二十年も前の時代だが、異国船は沢山、日本近海に出没していた。長崎から出入りしなくとも、日本海側を航行する北前船は、松前や佐渡、対馬などを通して、清国やロシアの船とも接触している。当時は、東南アジアに来ている米国の商船なども現れている。難破船を救ったことで、疫痢が発生したこともある。

「もし、このまま蔓延すれば、この江戸も襲われるのは当然の理。疫病は時や場所を選ばぬ得体の知れぬ物の怪ゆえな」

不安に満ちた言葉を発した水野に、鳥居は冷静に声をかけた。

「水野様らしくもない。病は物の怪の仕業ではありませぬ。ましてや天罰でもありませぬ。自然が及ぼす災いです。地震や津波、大嵐とは違って、直に人の体を脅かすものですが、必ずや防ぐ手立てがあります」

「あ、ああ……そうであったな……儂の国は元々は唐津藩ゆえな、長崎とは目と鼻の先、色々と異国の風聞も耳に入ってくる」

水野は奏者番になるとき、唐津藩から浜松藩に国替えを幕府に願い出ている。政務に支障があるというのが理由だが、ゆくゆくは老中になることを睨んでのことだった。なかなかの野心家である。

「オランダの方では、四人に一人が死ぬ疫痢も流行ったとか」

「さようですか。ですが、幸い日本は周りを海で囲まれております。ゆえに、余所の国のように人々が自由に往来はできませぬ。何らかの手立てはあるはずです。かような国難の時こそ、知恵と力を出し合わねばなりますまい」

「国難……まさしく国難やもしれぬ」

鳥居の話に勇気づけられたのか、水野は頷いて、

「そこで、おぬしたちに改めて、折り入って頼みがある」

と威儀を正すように背筋を伸ばした。

「実は老中・若年寄のみにて内密にしていたのだが、すでに江戸市中において、得体の知れぬ病が広がりつつあるのだ。これが疫痢なのか、ただの一過性のものかは、奥医師の篠原も判断しかねるそうだ」

「やはり……」

と唸るように頷いたのは、遠山だった。

「心当たりがあるのか」

水野が訊き返すと、遠山はすぐに答えた。もう一月余り前から、何となく勘づいており、密かに調べていたという。

「なんと、どうして分かったのじゃ」

「実は……うちの養生所廻りの与力が、疱瘡とは違って、赤い斑点が広がる病を持つ者がいることを見つけていたのです」

「斑点ならよくあることだが」

「はい。ですが、丁度、桜や梅が咲いたかのように背中や腰に広がるのですが、自分では見えないし、痛くも痒くもないので気づかないらしいのです。ですから、女房が見るとか、湯屋で誰かに言われるまで……」

「分からないと……」

「はい。その養生所与力の話では、まだ患者は少ないとのことですが、〝御役三病〟よりも酷いとのことで、一度だけですが、患者を見て驚きました」

「おぬしが見た……というのか。何処でだ」

水野がすぐに訊き返すと、遠山は誤魔化すように首を振り、

「あ、いいえ。私が見たのではなく、密偵がその……とにかく、あちこちで流行っている疫痢とも違うようなので、養生所医師などとも連絡を取りつつ、調べている最中です」

「そうだったのか……で、どうなのだ」

「今のところは、江戸市中では、それらしい患者は見つかってはおりませぬが、子供の中には麻疹や水疱瘡に罹っている者が増えています。病原菌は別のものですが、体が弱れば罹りやすくなりますから、該当する親にはきちんと言って聞かせ、気をつけさせています。場合によっては高麗人参なども施しておりますれば」

遠山の説明を聞いて、水野は余計に不安を増したようだが、鳥居は納得できないという顔で見やった。

「それがまことならば、何故、私にも報せてくれなかったのです」

「疫病という、確たる証がまだ摑めないものですから」

「だが、さような大事な疾病ならば、事前に防がねばならぬ。これは裁判とは違う。南北の月番や縄張りなど関わりないことだ」

「おっしゃるとおりです。ですが、まだ何も真相は……」

「養生所廻り与力とは、鈴木馬之亮のことですかな」

「はい。よく、ご存じで」

「永代橋から飛び降りて自害したと、聞き及んでおるが」

鳥居は曰くありげな目で言うと、遠山はそのとおりだと頷いた。

「ほう……自分の配下が自ら命を絶たねばならぬほど厳しい仕事を、遠山殿は命じていたということですかな」

　皮肉っぽい言い草の鳥居だが、これはいつもの癖なので、遠山はあえて気にせず、水野に対して言った。

「それもまだ調べているところです。鈴木には、あることを命じておりました。鳥居殿が言うとおり、鈴木には重荷だったかもしれませぬ……私の責任です」

「あることとは何だ」

「水野様がご懸念の疫病に関わることとです。そのことも合わせて調べた上で、後日、改めてお報せ致します」

　佐々木から報告を受けていた、鈴木の遺体にあった赤い斑点のことは、まだ伏せていた。下手に話すと、疫病の噂が広がるからだ。根拠のない風聞が、一番怖い。

　遠山が頭を下げると、鳥居は睨めるような目つきになって、

「なんとも隠し事が多ござるな。こうして水野様はわざわざ密談の機会をくださったのだ。鈴木に何の探索を命じていたのか、私も聞きとうござる」

「探索とは申しておりませぬが。疫病に関することと言っただけです」

すぐに遠山は言い返すと、鳥居は誤魔化すようにそっぽを向いて、

「どの道、おぬしの管理責任は上から問われそうだな」

とやっかみ半分で言った。

「おいおい。おぬしたちは若い頃から、何かと張り合ってきたそうだが、程々にしておいたらどうだ」

水野が割って入ったが、遠山と鳥居は顔を背けたままだ。

「正直言ってな、幕閣の連中は心から信用がおけぬ。おぬしたちふたりと会っていると、何やら幼馴染みのような気がするのだ。頼りにしておるのだからな」

事実、十一代将軍家斉が行ってきた放漫な政事のせいで、幕府財政が逼迫していたのを、水野は勝手掛老中として立て直しを図ってきた。その際は遠山と鳥居の智恵も借りた。それでも、家斉は大御所になっても尚、実権を手放さなかったがため、なかなか改革を断行することができなかった。

だが、天保八年（一八三七）に家斉が薨去(こうきょ)したことで、ようやく水野忠篤(ただあつ)、林忠英(ただふさ)、美濃部茂育(みのべもちなる)ら、家斉の側近を排除できた。その上で、遠山と鳥居、さらには矢部定謙(やべさだのり)、岡本正成(おかもとまさなり)、渋川敬直(しぶかわひろなお)、金座の後藤三右衛門(さんえもん)などを取り立てて、数々の改革

を一気に成し遂げてきたのだ。

とはいえ、庶民にとっては必ずしも善政とは言い難かった。

飢饉の影響で、関八州から江戸に流れ出てきた大勢の農民たちを〝人返し令〟で帰した。農村の復興のためだったが、百姓たちには、「年貢をさらに取り立てるつもりだろう」との不満の方が大きかった。

江戸や大坂などでは物価の高騰が激しかった。それは株仲間という独占販売商法の弊害に他ならない。自由度を増すために、株仲間の解散をしたのだが、却って粗製濫造とも言える物品や偽造通貨が市中に広がって、様々な揉め事も引き起こされた。

それでも、〝大御所時代〟に家斉によって蔓延していた不要な贅沢、風俗の乱れは少なくなっていき、勤勉な風潮が広がった。とはいえ、やはり飢饉と疫痢が広がった世相は、どんよりと雲が垂れ込めたように、人々の暮らしぶりを暗くしていた。

逆に江戸市中では物余りになり、大店に面した通りや鉄砲洲などの蔵の前には、売れ残った荷物が堆(うずたか)く積まれていた。

四

「おい。これは高すぎる。下ろして、蔵に仕舞うなりしろ」

高積改役同心・田川力蔵が、目の前の人足たちに苛ついた声をかけた。高積改役とは、倒壊防止や防火のため、河岸の荷物を監視する役職である。殊に、往来に無造作に積み上げられた材木、薪炭、箱荷などを見つけて、放置している大店を取り締まり、改善を迫っていた。

だが、人足たちは軽く礼をするだけで、大八車で運んできた荷箱をせっせと積み上げていた。自分たちは雇われているだけで、仕方がないという態度である。

「おい。聞こえているのか」

田川が語気を荒らげると、道を挟んだ大店から、番頭らしき中年男が飛び出てきた。胡麻を擂るように腰を屈めながら、

「相済みません、北町の田川様……すぐにどけさせますので、少しの間、これで大目に見て下さいまし」

と二分銀をそっと手渡そうとした。

だが、田川は目もくれずに険しい顔を突きつけて、

「番頭の儀兵衛だったな。世の中、なんでも金で片付けられると思うなよ」

「滅相もない。そんなつもりは毛頭……」

「この辺りでは先日も荷崩れがあって、通りかかった老婆と子供が大怪我をした。子供の方は首を激しく捩って、一歩間違えば死ぬところだったのだぞ」

「それは存じ上げませんでした。うちでは間違っても、そのようなことは……」

言い訳をする番頭を押しやりながら、田川は店の軒看板を見上げた。立派な金文字で、『薬種問屋・越中屋』とある。

「薬を扱う問屋は、厳しい決まり事を守っているはずだがな」

「はい。さようでございます」

「なのに、荷物はこうして大雑把に扱っておるのか。積み上げる高さは一間を超えてはならぬ。道端にも、船着場など定められた所以外には置いてはならぬ。往来の邪魔になるだけではなく、危険だし、盗賊などに狙われるため、治安にも良くないのだ」

「はい。耳に胼胝ができるほど、お聞きしました。あ、いえ……決して、そんなつもりではありません。ですが、間もなく掘割に荷船が参ります。すぐに片付きますので……」

揉み手で言い訳をしたが、儀兵衛は明らかに迷惑がっている。

「おまえの言い訳も聞き飽きた。しかも、この荷物は、三日前に片付けろと言ったのに、そのままになっておるではないか」

「いえ、それは……」

「おまえでは話にならぬ。主人を出せ」

言いながら田川は、勝手に『越中屋』に向かい、商人や客でごった返している店内に踏み込んだ。薬種問屋独特の苦い煎じ薬の匂いが漂っている。

慌てて、儀兵衛は追いかけてきたが、丁度、奥から出てきた主人の仙右衛門が、様子を察したのか、帳場の横にある小上がりに田川を招いた。丁寧な態度ではあるが、やはり一癖も二癖もありそうな容貌で、商人というより、任俠道を歩いてきたような凄味すらあった。

「およそのことは分かります。ですが、田川様……うちは廻船問屋や材木問屋のように、大きな荷物を扱っているわけではありません。ですから、河岸に面した土蔵なども所有しておりません。どうか少しの間だけですから……」

「大目には見ぬと、番頭にも言った」

「そこをなんとか……以前、廻ってらした津村様は、こちらの都合も斟酌して下さいました。どうか、宜しくお願い致します」

「その津村は、高い河豚をどこぞの店の主人に接待された挙げ句、毒に当たって死んだ。奉行所内ではバチが当たったと同情もされなかった。袖の下ばかり取っておったからな。武士の風上にもおけぬ奴だ。そやつと一緒にするでない」

「うう……困りましたな……」

仙右衛門は帳場にある手文庫から、〝切餅〟をひとつ出した。封印された包銀と呼ばれるもので、一分銀にして百枚、小判にして二十五両に相当する金だ。〝切餅〟は幕府への上納金など公の取り引きに使われるものだから、同心が手にしても不思議ではない。

一瞬、田川は目を剝いた。だが、吐き出すような溜息をついて横を向き、

「さてもさても……腐りきった店だな。鈴木さんが言っていたとおりだ」

と責めるように言った。

一瞬にして表情が凍りついた仙右衛門は、〝切餅〟を田川の前に置いたまま、

「鈴木様とは養生所廻りのですか」

「知っておるのか」

「ええ、知ってるも何も、小石川養生所に色々な薬を入れているのは私どもですし、大変お世話になっておりましたから」

「だが、鈴木さんは、おまえのことをあまり良くは思ってなかったようだ」

「どういうことでしょうか」

「さあな。俺もよくは知らぬ。だが、この『越中屋』は、男を奮い立たせる、怪しげな強壮剤で儲けたそうな」

田川は不穏な目つきを、仙右衛門に向けた。

「怪しげなとは、あんまりな……うちの〝養命丹〟は多くの人々の滋養強壮に役立っております。自信の薬です」

「偽薬との疑いもある」

「冗談はよして下さいませ」

「おまえには以前、朝鮮人参の密輸の疑いもあったからなあ……信用できぬ」

「――田川様。それ以上おっしゃると、こちらも公儀御用達の看板を戴いている薬種問屋です。出る所に出ますよ」

「何処になりと出るがよかろう。古傷を触られて、困るのはそっちではないのか」

「いい加減にして下さいまし。田川様はいつから探索方になったのですか」

「ほら、気になるという証だ」

「何をおっしゃいます。鈴木様が何を話したのか知りませぬが、お亡くなりになったからといって、出鱈目なことは言わない方が宜しいかと存じますよ」

仙右衛門が毅然と言ってのけ、〝切餅〟を無言のまま強引に押しつけた。

「ほう……どうして、鈴木さんが死んだことを知っているのだ」

「え……？」

「奉行所でもまだ内密にしておる。知っているのは、お奉行を含めて限られた者だけだ。誰に聞いたのだ」

田川は〝切餅〟を扇子で押し返すと、仙右衛門はわずかに目を泳がせたが、

「もっぱらの噂ですよ……永代橋から身投げをしたのは、鈴木様だと」

と堂々と言った。

「そうか。読売屋に隠しておいても、奉行所内に口封じをしておいても、洩れるところからは洩れるということか。人の口に戸は立てられぬというが、奉行所内に、おまえに通じている奴がいるということだな」

「いいえ。決して、そのようなことは……」

「もうよい」

サッと立ち上がった田川は、言い含めるように、

「よいか、仙右衛門。荷崩れで人が死ねば、遠島だ。表通りの荷物、すぐにでも片付けておけ。でないと……理由なんぞ何とでもつけて、おまえを罪人にすることだってできるのだぞ」

と呟くように言って、店から出ていった。

その背中を仙右衛門はじっと見送っていたが、傍らにいた儀兵衛に、

「ふん。あいつこそ、どこぞで荷物の下敷きにしてやりたいものだ。事と次第では、なあ……儀兵衛、分かっているね」

と忌々しげに唇を噛んだ。

五

八丁堀の町名は、寛永年間に造られた堀の長さが八町（約八七二メートル）であることに由来する。四方を掘割で囲まれたこの一帯には、町方与力や同心の御組屋敷があり、「八丁堀御役人衆」と呼ばれていた。

その一角、大番屋のある南茅場町の近く、丁度、薬師堂の前にある組屋敷に、八田錦は住んでいた。すでに退官している吟味方与力・辻井登志郎（つじいとしろう）の屋敷である。

八丁堀の与力や同心が、組屋敷に人を住まわせて家賃を取り、収入の足しにしているのは、よくあることだった。原則では間借りをさせてはならない。だが、特に三十俵二人扶持という微禄の同心にとっては、少しでも助かる見入りだった。

その店子として最も多いのが町医者だった。八丁堀組屋敷だと風紀も治安もよく、安心して診療できるからだ。

もっとも、錦の場合は事情が違う。辻井と錦の父親・八田徳之助（とくのすけ）は、若い頃から、無二の親友だった。そのため、錦の父親が亡くなったとき、後見人となったのだ。

妻も他界し、子供もいない辻井にとっても、慰めになったのであろう。

しかし、何処に行っているのか、辻井はほとんど、屋敷にいたためしがない。喜八という四十絡みの中間がひとりいるだけだった。まめな男なので、屋敷の離れで診療も行っている錦の面倒も、何かと見ていた。

田川が担ぎ込まれたのは、概ね北町奉行所の〝達者伺い〟を終えた日の夜だった。

頸椎がグキッと折れており、すでに事切れていた。

運んできたのは、同じ奉行所で八丁堀に住んでいる同心たちふたりと、鉄砲洲にある『西海屋』という廻船問屋の番頭や手代らであった。田川の組屋敷も、薬師堂の近くにあり、錦とも顔馴染みであったし、もちろん先日、検診したばかりであった。

「一体、何があったのです……」

錦はそう言いながらも、田川の高積改役という御役目上、おおよその見当はついていた。頭蓋骨の陥没や首の曲がり具合から、相当重い荷物が、真上から落ちてきたと判断したのである。

「——錦先生の見立てどおりです。実は、うちの蔵の前で……」

と『西海屋』の番頭・富兵衛（とみへえ）が震える声で話した。

「うちの店は、鉄砲洲の船着場の真ん前にあるので、沖合の船から艀（はしけ）で届く船荷を、蔵に入れるとき積んでおります。が、決して違反をしているものではありません」

「それが崩れたのですか」

「ええ、そうなのです……松前から届いた俵物でした。重さは三貫目くらいのもので、三間程の高さから落ちてきたので……」

申し訳なさそうに富兵衛が話していると、佐々木がぶらりと入ってきて、

「謝って済むことじゃねえぞ、番頭」

と威圧するように睨んだ。

「店は闕所（けっしょ）、主人は島送りだな」

「そ、そんな……」

「俺も今、調べてきたが、本来なら縄などで縛りつけて置いておかねばならぬのを、手抜きしておったようだな」

「いいえ。そんなはずは……」

「近くで見ていた者の話では、田川が調べている所に崩れ落ちてきたそうな。夕暮

れ近かったので、傾いてたのに気づかなかったのだろうが……可哀想なことをした」

佐々木は事故の探索もするため、田川の死体を改めると、乗り込んできた。その青ざめた顔を見るなり、

「可哀想に……先日、鈴木さんが亡くなったばかりだというのに、なんとも……」

と無念そうに顔を左右に振った。

「――どうなんだ、はちきん先生……見立ての方は」

「はちきんは余計です」

「これは相済まぬ。錦先生、如何かな」

錦は死体改めを生業にはしていないが、様斬り(ためしぎ)りにされた遺体や腑分けに立ち合ったことは何度もある。養生所医師は検屍に立ち合うことも多い。父親の徳之助に随伴して調べた経験もあったので、自分の考えるところは述べた。その上で、

「田川様が荷崩れによって死んだ、と判断するのは早計かと思いますよ」

と佐々木に言った。

「どういう意味だ。こうして重い船荷をもろに受けて、首を……」

「そういう事故に見せかけたことも、否定はできませんね」

「おいおい。何の証拠があって、そんなことを……番所医なんざ、普段は暇を持て余しているようだが、つまらぬことを言うな」

「人がひとり亡くなっているのです。つまらぬこととは、どういう了見ですか」

「そんなに一々、噛みつくなよ」

「では、ご覧下さい」

　錦は田川の頭を軽く持ち上げながら、

「第三頸椎と第四頸椎が強く圧迫されています。これは、真上から重い物をもろに受けたと思われます」

「だから、そう言ってるじゃねえか」

「ですが、荷崩れというのはふつう斜めに倒れるものです。つまり真下に落下するよりは、柱が倒れるような崩れ方をします。そうなると、仮に真下にいたとしても、まずは側頭部から打撃を受け、そのまま倒れ顔の側面や肩を圧迫されます」

「だから……？」

「この亡骸のような折れ方にはなりません。しかも、荷物は何処でも、俵積みのように底の方は広く、上に行くほど少なくなってますよね。上げ下げをし易いためです。よほどのことがないと崩れないと思いますが、万一、倒れたとしても、まっすぐ落ちてくることは、めったにありません」

「……」

「もし離れた所に田川様がいたとなれば、やはりこの怪我の説明はできません。このように肩胛骨の下まで首の骨が食い込むようなことにはなりませんから」

滔々と喋る錦をまじまじと見ていて、佐々木はぶるっと体を震わせた。

「先生……可愛い顔して、残酷な話がよくできるもんだな」

「意見を求められたから述べただけです」

錦は毅然と見つめ返して、

「きちんと調べ直して下さい。番頭さんは綱で縛っていたと言ってます。だとしたら、切れた綱が落ちているはずです。もしかしたら、刃物の痕跡があるかもしれませんよ」

と言うと、佐々木は唖然となった。

「誰かがわざとやったと言うのか」

「分かりませんよ。でも、そのことも含めて調べ直すのが、定町廻りなんじゃないのですか。事故にしろ、事件にしろ、吟味方が詮議できるように事細かく探索しておくのが、佐々木様のお勤めでしょ」

「もっともなご意見だが、一々、言うことに棘があるな。ああ、腹が立つ」

佐々木は舌打ちしたが、改めて屋敷を見廻して、

「そういや、ここは……吟味方与力を辞めて、楽隠居をしている辻井様のお屋敷だったな……おまえさんと関わりあるのかい」

「離れを借りてます。父とは無二の親友だったので」

「へえ。そりゃ、凄い後ろ盾がいたもんだな。で、辻井様は？　挨拶くらいして……」

「おりません。いつも、いないんです。中間の喜八さんの話では、深川の方に行ったきり、何日も帰ってこないことがあるとか。なので、私も擦れ違ってばかりで、めったにお顔を拝見できないんですのよ」

「ふうん……もしかして、コレの所かな。艶っぽい深川芸者でも囲ってるのかもな」

小指を立てた佐々木の指を、サッと錦は握りしめた。

「な、何をするんだ」

「登志郎小父様は、そりゃ今でも団十郎のようないい男ですけどね。あなたと違って、女にだらしない人とは違います」

「放せ、こら」

佐々木は摑まれた小指を外そうとするが、なかなか離れることができない。たまらず錦を押しやろうとするが、軽く体を横にずらしただけで、佐々木の方が体が崩れる。

「か弱い女はね、こうして小指を握るだけで、相手が屈強な男でも意外と簡単にやっつけられるんですよ……それも知らなかったのですか、佐々木様。柔術のイロハです」

「いてて、放せ……おまえは、この前も……あたた……」

にっこりと笑って錦が小指を放すと、佐々木は憤然となって、

「からかうのもいい加減にしねえと、容赦しねえぞ」

「私のことなんかより、きちんと調べ直して下さいね。私はね、佐々木様……田川

様と鈴木様の死は、何処かで繋がっているような気がするのです」

「なぜ、そんなことを思うんだ」

「田川様は先日、鈴木様のことを気にしてました。『あれは自殺じゃない。きっと、あいつらに殺られたんだ』ってね」

「あいつらって、誰だ」

「訊いたけど、答えてくれませんでした」

俯き加減になる錦に、佐々木は苛ついたまま詰め寄った。

「なんで〝達者伺い〟のときに、その大事な話を、俺にしなかったんだ」

「お伝えしたはずですが、他にも鈴木様のことを案じてた人がいると……でも、まさか、こんなことになるとは……」

錦は「そうだ」と立ち上がって、書棚から一冊の綴り帳面を出してきた。それを佐々木に差し出して、

「これは私が付けている『堅固帳』というものです」

「『堅固帳』……？」

堅固とは、達者と同じ意味で、健康のことである。明治の世になって、「健康」

という言葉が使われるようになるが、それは「堅固」から来ている。

「はい。達者伺いのときだけでなく、ふだんの診察の折に気付いたことを、診察録とは別に、奉行所で働いている人の様子を、書き留めているものです」

「ほう……」

　佐々木はペラペラと捲りながら、感心したように見ていた。

「各部署の与力、同心ごとに記してるのか……いや、大したものだ」

「番所医としては当たり前のことです。それは、鈴木様の記されている巻ですが、宜しければ、お貸しします。探索の参考になるかもしれませんので」

「おお、そうか。ならば、有り難く拝借する」

「ですが、決して人には見せないようにお願い致しますよ。当人には、知られたくないことが書かれていると思いますので」

「言われなくとも……相分かった」

　素直に承知した佐々木だが、田川の亡骸を改めて見ていた錦は忸怩（じくじ）たる思いがあった。立て続けに北町奉行所の与力や同心が亡くなったことに、自分のせいではないが責任を感じていたからである。

「——鈴木様、田川様……必ず仇は討って差し上げますからね……」

口の中で呟く錦の決意を、佐々木が気付いている様子はなかった。

六

江戸には数多くの堀川がある。水路として使われ、全て隅田川に流れている。

隅田川とは荒川の下流で、流域によって浅草川、大川、宮古川と呼び名が変わる。そこが江戸っ子の小粋なところだが、川幅百間もある〝公共河川〟のことでは、よく係争があった。

神田川は、神田上水の分流だが、万治年間に隅田川と結ぶ船入り川となってからは、飯田橋辺りまで荷揚場の水路が続く。日本橋川は、江戸城の台地の下を流れて日比谷の入江に入り、隅田川に流れ出る。

かように江戸府内には〝幹線道路〟のような水路があり、それらを結ぶため、神田堀、八丁堀、薬研堀、土井堀、伊勢町堀などが縦横に広がっているのだ。地中を走る水道とともに、江戸町人五十万人の命の絆であった。

その水路が近頃は、塵芥や汚物などで溢れていたが、川船の往来の邪魔になるだけでなく、人々の健康に関わる一大事だった。

荷揚場には必ず高札が立てられてあり、

――川に塵芥を落とさぬこと。

――停泊は三日以内。

――船で塵芥を棄てに行くときは、越中島などの指定された所に棄てること。途中に棄てたり、夜中に塵芥船を出すことも禁じる。

などということが書かれてある。

しかし、いつの世も自分勝手な輩がおり、禁令を平気で破る者がいた。少数なら影響はないだろう。だが、自分の暮らしと深く関わっているはずなのに、最も多く塵芥や汚物を川や堀に投棄していたのは、江戸町人たち自身である。

川には自浄する力がある。ゆえに、「水に流す」とか「三尺流れれば水清し」という言葉があるほどだ。が、汚水や下水まで流していては、病疫が流行れば、たちまち人々に広がる。それを阻止するため、町奉行所では、水路保全を奨励し、違反者には罰則を加えた。

その一方で、塵芥で汚した川や堀を綺麗に掃除するために、日当三百文ほどで人足を掻き集め、川浚いをさせていた。この川浚いは洗浄させるだけではなく、無職の者に仕事を与えるという狙いもあった。

このような浚渫(しゅんせつ)や普請などは、付け焼き刃ではなく、天保の大飢饉にあっては、幕府による重要な失業対策だった。

最も大変な時には神田佐久間町に御救小屋(おすくい)が二十数棟建てられ、六千人程が暮らすことができた。御救米も半年で、二万石近くが振る舞われている。何より職を失った者たちへの仕事を作ることが大切で、浜御殿などの大規模な浚渫を断行し、幕府からは千五百両余りの〝御救人足賃銭〟が払われた。

だが、窮屈に密集した所には疫痢が広がり易く、その対策も幕府は迫られた。殊に天保時代の初期には、疫病が大流行し、その日暮らしの者たちは働けないどころか、病に倒れ伏すしかなかった。

町奉行所からの命令で、町木戸を閉めて人の往来を止め、町名主らは長屋の家主らに命じて、人々の暮らしを監視した。その代わり、ボテ振りや普請人足など〝日銭稼ぎ〟の者たちは実入りがなくなるので、ひとり一日三百文の御救金が幕府から支払われた。

もっとも、これは町人たちが町々で自ら貯めている〝七分積金〟があてがわれたものだ。大飢饉の折には、三年続けて、江戸の町人の半数以上、三十万人規模の御救金が支払われたのだから、大層な額だった。

塵芥運びも窮民対策のひとつであった。江戸が始まった頃から、永代島や越中島などが、塵芥捨て場として指定され、百年、二百年という膨大な歳月をかけて埋め立てられてきたのである。

そこも満杯になり、しだいに深川の方に広がっていく。深川の洲崎辺りは浅蜊が豊富に獲れる所であり、沖合に行けば底引き網で、鮃や鯊、鱚、穴子など江戸前の魚の漁場である。その沖合に新たな塵芥の島が作られて、地元の漁師たちの暮らしぶりも変化していた。

幕府は、塵芥の島の永代島や越中島などを広げることも検討した。いずれも隅田川の河口に当たるため、土砂が流れ込んだり、海水が逆流して思わぬ災害が起こるからだ。さらに、江戸町人の生活汚水が流れ出て淀んでいるとなっては、魚たちの生育にも影響が出る。

そのため、材木問屋の貯蔵場とされている深川、なかんずく洲崎沖が、塵芥捨て場として指定されたのである。四、五年に一度、疫病と呼応するように起こる大火事で出る瓦礫や焼けた材木などを棄てるのにも丁度よかった。江戸の大火の原因は、付け火が一番多いと言われている。

理由は、病疫によって仕事がなくなるからである。火事になれば、庶民に仕事が増えるのが常識だったからだ。幕府が火事を奨励するわけはないが、雇用や流通が活性化されるために、「仕方がないこと」だという風潮はあった。

先般も大火事があったばかりだから、瓦礫はあちこちに積み重ねられていた。そのために、商家の荷物などが通りや河岸に置きっぱなしにされている事情もあったのだ。

塵芥の島は概ね、数十間の沖合に杭を打って壁を作り、囲むように塵芥を沈め、沖から順繰りに埋めてゆく。さらにその上に、土砂や岩などをかけて固める。塵芥が江戸湾の沖に流れていかないようにするためである。埋め立て地をしっかり固めた上で、深川のように新たな町を増設する予定もあるが、まだ先のことであろう。

この塵芥島は、「日の出島」と呼ばれていた。江戸の中心から見れば、日の出の方角になるからだ。季節によって位置が違うから、曖昧ではあるが、何となく目出度いからそう言っていた。

しかし地元の者たちにとって見れば、迷惑な話だった。日に三百数十艘もの塵芥取り船が、往来して、塵芥を棄てていくのだ。見た目も悪いが、臭いもきつい。夏場は蠅や蚊が飛び交い、蛆が湧く。海辺だから、ゴキブリに似た船虫もぞろぞろと這っている。

おのずと近隣の漁師にとっては、漁をする範囲が限られてくる。近頃は、漁師に代わって、海産物問屋などが直に釣り上げて、安く売るなどということも横行している。慣習的な〝漁業権〟はあるものの、大店の莫大な資金には敵わない。大きな海産物問屋は、金にものを言わせて、漁師たちを雇い人として働かせているご時世である。

しかも、此度のような流行病の噂が流れると、新鮮な魚介類であっても日本橋の魚市場で扱ってくれなくなる。まさに風評被害を食らうのだ。疱瘡、麻疹、水疱瘡などは、四、五年に一度、起こっている。その都度、人々は喘いでいるが、流行病がこれら不衛生な塵芥によるものだということを忘れるのか、同じ過ちを繰り返していた。

もちろん幕府は黙って見捨てているわけではない。日の出島周辺の漁民には、それなりの補償をしたり、殺菌をする大鋸屑や土砂などで適宜、覆い被せている。埋立ができる所は早めに地固めし、疫痢が起こりにくいようにしている。だが、近隣の住人には、それも気休めに過ぎなかった。

その新たな塵芥の埋め立て地の片隅に、場違いな男がいた。

年がよく分からない風貌だが、どう見ても遊び人である。

町人髷に縞模様の着流しで、柄の派手な錦繍の煙草入れを帯に挟んでいる。喧嘩慣れしてそうな顔つきで、体つきもガッチリとしているが、汚い塵芥の山の中に用がある者には見えない。

男は、塵芥の山に体を埋めるようにして、せっせと腐土などを鋤などで掘り出している。十人ほどの人足も手伝っているが、鋤を叩き入れるたびに粉塵が舞い、蠅がぶんぶんと威嚇するように飛び廻っている。

遊び人は着物の袖や裾が汚れるのも構わず、土を選別している。それを人足たちが、大きな頭陀袋に入れている。しかも、ぞんざいにではなく、まるで金塊でも掘り出しているかのような慎重な様子にも見える。

「宝物探しでもしているのか」

足場の悪い泥の上を、裾を気にしながら、町方同心が近づいてきた。神経質そうな顰めっ面である。

振り返った遊び人の顔も、泥だらけであった。

「灰神楽(はいかぐら)の銀次(ぎんじ)ではないか。何をしておる」

同心は吃驚(びっくり)したように目を見開いた。

「これは、〝ぶつくさ〟の旦那……」

いつも文句ばかり、ぶつぶつ垂れているから、銀次はそう綽名を付けていた。

「あ、いえ、失礼致しました。本所廻り方同心の伊藤洋三郎様……旦那こそ、こんな汚い所に何用で」

「妙な連中が、日の出島に集まって、何やら悪さをしているようだと、洲崎村の者たちから調べて欲しいとな」

「そうでやしたか……ご覧のとおり、塵芥だらけの土や泥を拾ってるだけでして」

「頭から灰を被ってるから、灰神楽の異名を取ってるんじゃあるまい」

火の気のある灰の中に湯水を零すと、パッと灰が吹き上がることを、灰神楽が立つという。この銀次という男はふいに現れては何かしでかして、灰煙の中に消えてしまうから、同心たちにはそう呼ばれていた。

どこの誰か素性は分からないが、腕っ節はそこそこ立つし、なぜか裏渡世にも通じており、世情にも明るい。ゆえに、定町廻りの与力や同心は都合よく利用しているのだ。

「そんな汚いものを、どうするのだ。それとも、盗っ人が金でも隠してるのを嗅ぎつけて、掘り出してるのではあるまいな」

伊藤が探るように訊くと、銀次は手拭いで顔や手を払いながら、

「おっしゃるとおり、小判がザクザクあると思いやしてね」

「まことか」

「冗談でやすよ。でも、あながち嘘でもねえか。これで大稼ぎしてる奴もいるしよ」

銀次が舌を出すと、伊藤は小首を傾げ、

「本当は何をしておるのだ」

「そのうち分かりやすよ。金になるか、ただの汚ねえ泥か」

立ち上がった銀次は手をかざして江戸湾の沖を見やった。塵芥の島の遥か沖には、海鮮問屋の五百船に混じって、大きな異国の帆船も我が物顔で航行していた。その都度、幕府の役人が追い返しにいくのが、天保年間では一種の風物になっていた。鎖国であるから、興味津々なのだ。

「何処の国の船か分からねえが、とんでもないものを持ち込まれたとあっちゃ、たまったもんじゃない。あいつら、わざと黴菌をばらまいて、俺たちを殺すつもりじゃねえだろうな」

不満げに銀次が言うと、さらに伊藤は不思議そうな顔になって、

「なんの話だ」

「あ、いえ……そろそろ退散するか。皆の衆、今日の駄賃だ」

銀次は人足たちに銭がドッサリと入った巾着袋を渡した。

「ありがとうございやす。これで今日も美味い酒が飲める」

人足たちは大喜びで飛び上がった。が、

「その前に、仏さんをきちんと運んでやってくれよ」

と銀次が言うと、人足たちは顔を顰めながらも、仕方がないというふうに、こんもりとなっている筵で包んだものを、「せえの」と抱え上げた。

伊藤は何だろうと見送っていたが、船着場まで運んでいる途中に、筵から手がダラリと垂れた。同時に、頭も首が折れて現れた。

「お、おい。な、なんだ、それは……！」

悲鳴に近い声を上げながら、伊藤が近づいて筵を捲ると、漁師風の男の死体だった。

「死んでるのか」

「見れば分かるでしょう、旦那。死んでるどころか、もう……」

かなり腐敗していると、銀次は言った。

「塵芥の中に棄てられてたんでさ。この辺りは日の当たりがいいから、ご覧のとおり、腐り始めてまさあ」

「ま、まさか、おまえら……」

「違いやすよ。土を掘ってたら出てきたんです。もう、すっかりこのとおりでやすから、後で鞘番所に届けようと思ってました」

鞘番所とは、深川大番屋のことで、牢部屋が鰻の寝床で鞘のように長いから、そう呼ばれている。そこには常に、本所見廻りの与力や同心が詰めているが、運上金や冥加金の取り立てなど町政に関わる仕事がほとんどだ。探索を主導するのは、やはり定町廻りだが、死体を留めておくことはある。

遺体の様子は、首や背骨が後ろに反り返り、両腕はだらりと垂れ、足は股を広げたままであった。亡骸を見慣れていない伊藤は、にわかに嘔吐(えず)きそうになった。

しかも、着物がはだけて露わになっている肌には、桜の花びらが散ったような斑点が広がっている。これは、まさに今、流行りかかっている病で、読売などでは、「江戸桜」と呼称していた。

一見すると文字どおり桜吹雪の刺青(ほりもの)のようだった。これまでの疱瘡や麻疹などとは違って、〝美しく〟見えたから、誰もが否定しなかった。「疱瘡は見目定め、麻疹は命定め」と言われるほど、後遺症として醜くなり、命を落とすことも多々あった怖い感染症だったのだ。だが此度のは、美しいゆえ、却って不気味だった。

「旦那が来てくれて丁度よかった。じゃ、あっしはこれで」

銀次が先に船着場の方へ行くのを、伊藤は追いながら、

「こら、待て。話をちゃんと聞かせろ。実に怪しい。おい、こら」

と声をかけたが、その時、突然、海風が強く吹いてきて、砂塵の渦が舞い上がった。銀次は袖で口を押さえて、

「やばいぜ、やばいぜ。旦那もせいぜい〝江戸桜〟には気をつけておくんなせえよ」

と言い捨てると、さらに粉塵が巻き上がって、まさに灰神楽のような煙が広がった。伊藤が両手で払っているうちに、銀次の姿は灰煙の向こうに消えてしまった。

七

深川は関八州からの米や塩、野菜、酒などの物資を運ぶ重要な水路がある。船が江戸に出入りするための関所である「中川船番所」と連動する格好で、深川大番所もあった。

通行の改めは、天保の世でも〝入り鉄砲に出女〟には厳しかったが、旅人の出入りには案外と緩かった。荷物についてては厳しかったが、その割には融通も利き、緊

急を要するものや生物などは、特別に夜でも通すことがあった。

しかし、今、上総や下総などで、流行病があるとのことで、船の出入りが厳しく監視されていた。番所の役人には、寄合旗本から数名が〝中川番〟として任命され、五日交替で勤めていた。普段は、家臣を派遣していたが、時が時だけに、旗本自身が赴いていた。

上総や下総で広がりつつある病によって、とんでもない事件が起こっていた。九十九里の小さな村でのことだ。半年程前に、漁師の親子が原因不明の病になり、全身を痙攣させて死んだ。体には、桜の花びらが散ったような斑点があったという。

村医は初め、ただの労咳と思ったが、斑点が広がったので、疱瘡や麻疹を疑った。労咳とは今でいう結核である。結核菌は煮沸しても死なず、感染力は強いから、江戸のように人が密集している所では、何度も蔓延してきた。

それゆえ、漁師親子は隔離されて、人も近づかないようにしていたが、いつの間にか村中に広がり、他の村にも同様の患者が出ていた。だが、村医が薬草を煎じて施しても、一向によくならず、亡くなる者も増えた。

村医はやはり肌に現れた膿などから、疱瘡だと判断した。三十年に一度くらいは、甚大な災厄となっていた。だが、当時はまだ、〝ころり〟と恐れられるコレラか、疱瘡かなどは区別がはっきりつかない。その上、桜の花びらのような症状となると、村医には判断が難しく、江戸の名医を訪ねようとした。

しかし、その村医自身が感染して寝込んでしまった。すると、村医が疫病神だと言い出した村人がいた。村医は自らを隔離するため、山中の御堂に潜んでいた。それを訝しんだ村人たち十数人が寄り集まって、御堂に火を付けて、村医を焼き殺したのである。

同様の事件が何ヶ所かあった。中には、疫病退治をするために祈禱していた僧侶まで、大勢に取り囲まれて殺された事件が起きた。上総や下総は天領が多く、〝中川番〟を預かる旗本・稲垣弾正（いながきだんじょう）が支配する村もあった。

その村から、惣庄屋が救済嘆願をしに江戸に来ようとしたが、中川船番所で留められたのである。斑点はないものの、熱と咳があるというのが理由であった。

惣庄屋は村人を救いたい一心だったが、江戸四宿はもとより、船番所なども〝入り鉄砲〟ならぬ、江戸に来る病人を厳しく監視していたのである。

しかし、似たような症状の者は、すでに何人か江戸でも見つかっている。同心の鈴木も、日の出島から見つかった遺体もそうだ。

そんな様子の中――。

八田錦は、鞘番所に呼び出されていた。

待っていた伊藤は、申し訳なさそうに頭を下げた。美人の女医者の前で、鼻の下を伸ばしているのは、他の同心と同じだ。

「深川くんだりまで、ご足労かけましたな、先生」

「いいえ。番所医ですから、奉行所絡みのことなら何処なりとも参ります。八丁堀からだと永代橋を渡ってすぐですし……橋の上から、鈴木様のことも考えました」

「ああ、養生所見廻りの……本当に気の毒なことでしたな」

「ええ。でも、定町廻りの佐々木様が今も引き続き探索してますよ。伊藤様も何か気付いたことがあれば、教えて下さいね」

錦は合掌してから、牢部屋の奥にある土間に置かれた、男の死体の検屍に取りかかった。仕事柄、仕方がないが、「医術は生きている人のために使うものだ」という思いが心の何処かにあった。しかし、長崎で何度も立ち合った腑分けのお陰で、死体の扱いにも慣れていた。

死後、数日は経っていそうだが、錦とて腐臭は苦手だった。桜の花模様のような斑点が気になって凝視していると、

「ああ、それね……銀次が見つけたときも、吃驚したらしくてな。今、流行りかけている疫病かもしれないと」

と説明した。

「詳しくは分からないのだが、そこの日の出島に棄てられたのだ」

「その銀次って人は……」

「灰神楽の綽名のとおり、消えちまってね。どうせ別の舟で来てたのだろうが」

「そうじゃなくて、誰なんですか」

「岡っ引の真似事をしてる遊び人の三下だ。錦先生とは縁なんぞない輩だ」

「どうして、その人から、きちんと訊かないのですか」

「だから、ひょいと現れてはひょいといなくなるっていう奴で」

日の出島での銀次の様子も、伊藤は話した。錦は遺体を見ながら首を傾げ、

「事情は知りませんが、なんだか怪しいですよね。このような死体を見つけていたのに、土掘りの方に勤しんでたなんて」

「前々から訳の分からぬ奴でな」

「その掘った塵芥とか土砂とかは、どうしたんです」

「雇われた人足が、舟ごと何処かに持ち運んだようだったが」

「何処にです」

「そこまでは知らぬ。とにかく、変死体はこうして運ばせたのだから、錦先生、いい見立てをお願いしますよ」

「見立てに、いいも悪いもあるものですか……」

そう言いながらも、最善を尽くすのが錦である。しかも、塵芥置き場に放置されていた遺体だと聞くと、余計に野次馬根性も相まって、ぞわぞわするものが湧いてきた。

検屍を続けていた錦には、遺体を見たときから、鈴木と同じ〝桜の花びら〟があるのは承知していた。が、鈴木に関する詳細はまだ秘密にしていたから、伊藤にも黙っていた。目の前の遺体も、疫病に罹ったのは確かなようだが、幾つかの疑念が錦の頭には浮かんでいた。

「――どうなんです、先生……」

伊藤も疱瘡の類と思っているのだろう。少し離れた所で、汚いものでも見るように口を塞ぎながら様子を訊いた。

「近頃、噂の、流行病に罹ってそうだわね」

「えっ。やはり……上総から来たという惣庄屋を川船番所に留めてるんだが……」

「そうなんですか」

「ああ。でも、病原はもう江戸に入り込んでるのかな」

「かもしれませんね……でも、死んだのが病のせいかどうかは、まだ分かりませんよ」

「そうなのか」

「見てのとおり、首の骨が折れてます」

錦の脳裏には、永代橋から飛び降りたとされる鈴木と、落下した船荷を受けて死んだ田川の顔が、明瞭に浮かんでいた。

「伊藤様、見てごらんなさい。鼻の穴や口には土砂が入ってます。肺には水が溜まっているようなので、生き埋めか溺死か、いずれかでしょうね」

「生き埋め……」

「あ、いえ。待って下さいね」

身を乗り出して、さらに首の根っこから、喉、上胸あたりを指で触れながら、錦は深い溜息をついた。

「喉元には、ほら、首を絞められたような痕跡があるし、きちんと解剖してみないと詳細は分かりませんが、縄か何かで首を絞められたかもしれませんね」

「てことは、殺しか」

「病人がわざわざ塵芥置き場に行かないでしょうし、そこで首を吊ることもできませんよ。何処かで殺されて、塵芥と一緒に捨てられたと見るべきです……どうやら、伊藤様ではなくて、佐々木様の仕事のようですね」

「人を塵芥扱いかよ……」

「あら、伊藤様だって、随分と汚いものを見ている態度ですけど」

錦が意地悪な目になると、伊藤はとっさに袖を口から放して、

「そういう訳ではない。近頃、夏風邪でな、ゴホン。先生にうつしては悪いと思って」

と誤魔化した。だが、錦は何も気にしておらず、

「一体誰が、どうして、こんなことを……とにかく、身許が分からないと、探索のしようもありませんね」

探索するのは定町廻りだが、探索方針として検屍は重要である。錦は十分、承知しているが、こう立て続けに現れた不審な死体に接していると、やはり目に見えない糸が繋がっている気がしてきた。

八

夜遅くなって、鞘番所に顔を出した佐々木は、錦の姿を見るなり、

「これはこれは、掃き溜めに鶴とは、このことだな」

と嫌らしい口振りで声をかけた。

傍らには、伊藤の他にも、本所見廻り与力の榊原（さかきばら）もいたが、佐々木は横柄な態度のままで、錦に近づきながら、

「待ちくたびれて、いつも男を虜にしている錦先生も、少しは胸を痛めている男の気持ちが分かったかな」

「分かりません。佐々木様を待っている間に、色々と調べておきました」

「それは、ご苦労さん……」

十手の先で筵をずらして、亡骸を見た佐々木も思わず袖で口を押さえた。それほど腐敗が酷く、流行病の特徴である花びらのような斑点も確認した。肩幅が広くて、胸板は厚い佐々木ですら、いつもの不敵な笑みが消え、恐ろしそうな顔になった。

その後ろに控えている岡っ引の嵐山も、岩のような体つきのくせに、屁っ放り腰になって、今にも逃げ出しそうだった。それほどの恐怖を抱いている病だから、もし読売などで噂が広まれば、たちまち江戸中が混乱するであろうことは、容易に想像ができた。

「ったく、こんな所に……汚ねえなあ……」

やはり塵芥同然の扱いをする佐々木に、錦は毅然と言った。

「誰も好きこのんで、こんな目に遭ってるわけではありません。この無念を晴らしてあげるのが、あなた方、定町廻り同心なのではありませんか」

「――だから、そう嚙みつくなって、俺たちが一番、辛え思いをしてんだぜ」

佐々木が言い返すと、嵐山も不愉快な顔つきで、

「そうだぜ、先生様よ。鈴木の旦那も田川の旦那も、ありゃ殺しだ。だから、俺たちは今の今まであちこちを……」

と大きな体を揺らして言いかけた。その向こう臑をコツンと佐々木が叩いて、

「余計なことを言うんじゃねえ。この木偶の坊が」

そう牽制したのは、ふたりとも自害や自殺ではなく、殺しであると、佐々木が判断した証であろう。錦はそう思ったが、後で確認するとして、検分したことを伝えた。

「死体があった所は、踏み込むと塵芥が沈み込むような所だし、殺した死体を隠すには丁度良い塩梅でした。後数日経っていれば、塵芥や土砂がさらに覆い被さり、人目につくことは決してなかったでしょう」

「で、何処の誰かは、まだ分からぬのだな」

佐々木が伊藤を振り返ると、与力の榊原の方が答えた。

「さよう。番太郎や下っ引はもとより、町火消の鳶らにも命じて近隣を調べさせたが、この男を知る者はいなかった」

「見つかったんならともかく……いなかったと偉そうに言われてもねえ……」

鼻白んだ顔で佐々木が言い返すと、榊原の方が申し訳なさそうに頭を掻いた。

同じ外廻りとはいえ、凶悪な殺しや盗みを扱う定町廻りが〝武官〟なら、本所見廻りは〝文官〟のようなものである。むろん、ひとたび何かあれば真っ先に対処するが、探索の主導は定町廻りに移り、裁判は吟味方が担当する。

ゆえに、与力という身分は上だが、同心職である定町廻りには何となく頭が上がらないのである。それに、定町廻り、臨時廻り、隠密廻りという〝三廻り〟は犯罪を扱うことから〝不浄役人〟の汚名も着せられていた。一筋縄ではいかない、曲者が集まるのは当然で、与力をしても扱いにくかった。

「で、先生……この仏にも〝江戸桜〟があるようだが、新しい疫病なのかい」

佐々木が訊くと、「この仏にも」という言葉に、榊原や伊藤は鋭く反応した。他にもいるということの示唆だからである。食い入るようなふたりの態度に、佐々木は仕方がないとばかりに溜息をついた。

「まだ、ここだけの話にして貰いたいが……実は、鈴木さんも田川さんも、罹患していた節があるんだ」

「えっ、田川様もですか。私が検分したときには……」

意外な顔になった錦に、佐々木は言った。

「組屋敷に連れ帰って、奥方らが棺桶に入れる段になって、俄に出てきたんだとさ。それで、俺も確かめにいった」

「——たしかに、この痕は、死斑のように後で浮き上がるという、養生所医師の報告もあります。だとしたら、殺された人がたまたま疫痢に罹っていたのか、それとも疫痢にかかっていたから殺されたのか……という疑問も湧いてきますよね」

改めて自分の判断の鈍さに腹が立ち、錦は自分の膝を拳で何度も叩いた。その気丈な様子に、佐々木はまたからかって、

「いいねえ、先生のそのキリッとした怒った顔……たまんねえなあ」

だが、錦はその言葉を受け流して、

「なるほどね。何となく分かってきたわ」

「何がだい」

「私も暇を持て余してるわけじゃありませんがね、ここで待たされている間に、伊藤様と一緒に少し調べてきたんです」

「この仏のことを、かい……」

「はい。伊藤様、佐々木様に話してあげてみて下さい」

伊藤は錦から受け継いで、恐縮したように佐々木に向かって頭を下げた。

「実は先般、中川船番所に留められていた上総の村々……下部村、岸部村、二宮村、白浜村など、幾つかの村の惣庄屋が捕まっているんです」

「上総の惣庄屋……」

「名は、弥之助という五十絡みの男で、村で起こった焼き討ち騒動などのことで、領主である旗本の稲垣弾正様に直訴しに来たとのことです。ですが……弥之助自身が疫痢に罹っている様子があり、船番所の牢に留められていたのです」

「牢にな……それは異な事。病人であれば、医者に診せるのが先であろう」

佐々木が言い返すと、錦はかすかに微笑んで、

「さすが、佐々木様もそこまで冷たくはなかったんですねえ」

「何の話だ」

「船番所の役人は、『疫病を撒き散らす病人は人殺しも同じ。事と次第では始末せねばならぬ』と豪語したそうですよ」

錦の言葉に、佐々木は呆れ果てて、「とんでもないことだ」と唸った。伊藤も頷

いて、その後を続けた。

「ですが、領主の稲垣様は、『直訴は相成らぬ。代官に申し伝えよ』と追い返すことで、始末をつけようとしたのです」

「ふむ……」

「致し方ない気もします。領主とはいえ、旗本領は年貢を取り立てるための名目上のことですからね。稲垣様は、〝中川番〟という立場でもありますから、余計なことで煩わされたくなかったのでしょう」

伊藤は稲垣に同情したわけではなく、お上とはそういうものだと言いたかったのかもしれぬ。その上で、こう付け足した。

「稲垣様が中川船番所に詰めているわけではありませんので、御家中の偉い人が、〝人返し令〟を根拠として、国元に帰したというのです。代官をすっ飛ばして、直訴に及べば死罪だということも言い含めて」

「なるほどな……」

「追い返したのはいいのですが、そのまま行方が分からなくなった。もしかしたら、他の手立てで、江戸市中に紛れ込んだのではないかと思われる節が」

「なんだと。厄介な奴だな」

　今度は同情心はかなぐり捨てるように、佐々木は言った。

「行方は分からぬのか」

「はい、未だに」

「で、惣庄屋の弥之助とやらと、この仏にどういう繋がりがあるのだ」

「船番所の番人の話によると、弥之助は、先触として送り出していた、簑吉からまったく報せがないとのことでして」

「まさか、こいつがその簑吉だというのか」

　佐々木が身を乗り出すと、伊藤は傍らの小箱に置いてあったお守りを差し出した。

「通行手形などは奪われたのか、持っていませんでしたが、これを……地元の旦那寺が出したものでしょう。小袋の中には、二宮村・簑吉という紙札がありました」

「そうなのか……！　つまり、村で何かが起こり、江戸に送った簑吉が殺された。それを知ってか知らずか、惣庄屋が追ってきた……一体、何を訴えたかったのだ」

　疑念が膨らむ佐々木に、錦が声をかけた。

「その前に、佐々木様……亡くなった養生所廻りの鈴木様は、この簑吉と会っているのではありませんか」

「えっ……」

「私が貸して差し上げた『堅固帳』を、もう一度、読み返してみて下さい。私も名前までは虚ろですが、前の〝達者伺い〟の折、それらしき人と会っている節がありました」

謎めいたことを言う錦に、佐々木は口元を引き攣らせながら、目を見開いた。これが探索に気合いを入れるときの佐々木の癖であることを、錦は知っている。

「ろくな死に方はしねえってことは……どうせ、こいつもろくでなしかもしれねえな……塵芥溜めでくたばるとは」

佐々木が言うと、すぐに錦が語気を強めて、

「そんな言い草はやめて下さい。まだ何も分かっていないじゃありませんか。この人はただ、惣庄屋さんに言われて……」

「一々、うるせえな。そんなことは分かってらあな」

苛ついた江戸弁で佐々木が言い返したとき、鞘番所の表で、俄に怒声とともに、カキンと刀がぶつかり合う音がした。

「⁉――なんだ」

ハッとなった佐々木たちが一斉に木戸を開けて出てみると、宵闇の中で数人の男たちが罵り合いながら喧嘩をしている。いや、怒声をあげているのは、頬被りをした遊び人風の男で、他の数人は浪人風だった。

鋭く斬り込む浪人たちの刃をかいくぐって、遊び人風はすばしっこく逃げている。身のこなしは敏捷そうだが、多勢に無勢。佐々木は言葉より先に割り込んだ。

「何をしておる。武士とはいえ、町通りで刀を振り廻すのは御法度だぞ」

佐々木の後ろから、伊藤や榊原も追ってくるが、浪人たちはギラリと振り向き、

「無礼討ちにしておる。こやつは我らを痩せ浪人とほざいた上、財布を盗もうとした」

ともっともらしいことを言った。が、遊び人風はアチャラカな感じだが、

「冗談じゃねえやな。いきなり斬りかかってきたのは、そっちじゃねえか。疚しいことがあるからじゃねえのかい」

「ほざけッ」

浪人の頭目格が気迫を込めて斬りかかると、遊び人風は必死に躱したものの、バ

サッと袈裟懸けに斬られた。かに見えたが、切っ先が着物に触れただけで、かろうじて襟元から袖にかけて裂けた。

その肌が月明かりを受けて、露わになった。頬被りをした遊び人風の肌には、鮮やかな桜の花びらが散っていたのだ。

「うわっ——！」

伊藤と榊原は思わず口を塞いで、飛び退ったが、佐々木は凝視して、

「おめえ……一体、何者でえ」

と野太い声をかけた。

「よく見やがれ。残念ながら、これは疫病による〝江戸桜〟じゃねえよ。ちゃんと肌に刻み込んだ刺青だぜ」

遊び人は肩から胸、背中に広がる桜吹雪の刺青をパンと叩いてみせると、ひらりと踵を返して逃げようとした。

「銀次じゃねえか、おい」

伊藤に声をかけられた遊び人は一瞬、立ち止まって振り返るや、

「へい。灰神楽の銀次で……伊藤の旦那。そいつをお頼みいたしやすぜ」

と路地の方に目配せした。

そこには、ぶるぶると怯えるように、蹲っている初老の男がいる。羽織を着ているが、髷やしゃがみ込んでいる様子から、百姓だと何となく分かった。

「上総から来た惣庄屋さんだってよ。そこの浪人たちの狙いは、そいつさね」

「どういうことだ、銀次」

踏み出した伊藤を振り切るように、遊び人風は逃げようとすると、今度はその前に、錦が凜然と立ちはだかった。

「あなたが、日の出島の塵芥や土砂を漁っていたって人ね」

「……」

「話を聞かせて貰いましょう。どう見ても尋常ではありませんからね」

問い詰めると、銀次はいきなり錦の乳房あたりを揉んだ。次の瞬間、バシッと銀次の頬にビンタが飛んだ。その弾みで頬被りが取れて、ひらりと風に舞った。

錦と銀次は間近で顔を見合わせた。が、銀次は情けない声で、

「いてえ……」

と悲鳴を上げながら、一目散に宵闇の中に向かって逃げるのであった。

いつの間にか、浪人たちの姿も消えていたが、ふるえる惣庄屋を佐々木がしっかりと抱え込んでいた。

「何か事情があるようだな……篤と話を聞かせて貰おうか。弥之助とやら……」

騒ぎが嘘のように深閑としてきた。月は中天に輝いているが、沖合から吹いてくる海風とうねりの音が不気味に深川一帯を包み込んでいるようだった。

第二話　天下の花火

一

元吟味方与力・辻井登志郎の屋敷の門に、『本日休診』という札が出たのは、隅田川の花火が中止になったという町触が出た朝だった。町触とは、町奉行が町人に対して出すものだ。が、今回は実は、老中が出す〝総触〟だった。

町人にしてはどっちでもいいことだが、老中が出したということは、幕府が決定したことだから、庶民が勝手に花火を上げたりすれば、どのような処罰が待っているか不安であった。

中止の理由は、大勢の人が一斉に集まるからである。八代将軍が享保年間に始めた隅田川の花火の打ち上げは、疫病退治を祈願してのものだった。だが、今般は疫病が始まる予兆があるために、密集することは一切罷り成らぬことになったのである。町毎の祭事や寄合なども、当面禁止となった。

もっとも、八田錦の辻井邸の離れで行っている診療は、まったく検診をしないというわけではない。この『本日休診』というのは、町奉行所の医事などに関わっているので、留守であることを意味している。

「――錦先生が留守ってことは、何か大事件なんだな」

と周辺の住人は思っていた。八丁堀与力や同心の屋敷がほとんどだが、この札が出ていると誰もが不安に駆られた。此度は疫痢が広がるかもしれぬ噂も重なって、尚一層の不穏な雰囲気が広がっていた。

錦は離れ部屋にて、病人が担ぎ込まれてきた場合に備えて、桂枝、芍薬、蒼朮などの漢方の煎じ薬を用意していた。いずれも気を巡らし、筋脈を強くして、血を整える効能があるものだ。

「先生……とんだことになりましたね」

渡り廊下から、中間の喜八が読売を片手に声をかけてきた。

薬研や書物などで溢れている錦の部屋は、常に薬の匂いが漂っており、とても若い女の暮らしぶりには見えなかった。

錦が差し出された読売を見ると、おどろおどろしい鬼夜叉のような絵に重ねて、『町奉行所役人たちの奇っ怪な死』とか『上総の村々で広がる死病』やらの文字が躍り、村医が焼き討ち同然に殺されたことまで書かれてあった。

「こんなものまで出廻ってます。いつ江戸にも紛れ込んでくるかと、江戸の人々は恐々としてますよ」

「あんなに他言はしちゃだめだよと佐々木様が言ったのに……きっと本所廻りの伊藤様か榊原様が話したのね」

呆れ果てていた錦だが、まだ感染したと思われるのは、幸いなことに簑吉という上総の村人以外では、町方与力と同心のふたりだけだ。蔓延の兆しとは大袈裟だが、幕府としては大事を取って、人が集まったり、出歩いたりするのを止めるのは当然だった。

病人が出た長屋は封鎖され、町木戸を閉めて往来を止めるのは、幕府はこれまでも何十回としてきたことだ。

「それにしても、喜八さん……登志郎小父様は、まったく帰って来ませんねえ。私に遠慮しているのかしら」

錦が気にすると、喜八は首と手を振って、

「いえいえ。錦さんのことは娘同然と思っているから、いつも気にかけてますよ」

「だって……」

「昨日も帰って来てましたよ。錦先生が番所に出向いたり、深川の鞘番所に行ったりしている間に……丁度、擦れ違いです」

「そうなの？　なんだか、わざと避けてるような気もするんだけど」

「そんなことありませんて」

「じゃ、小父様は何日も、何処に行ってるのかしら。深川芸者に入れあげてるとは思えないけれど」

「まあ、それは……あっしもよく知らないんでございますよ」

少し誤魔化すように言ってから、喜八は「あ、そうだ」と手を叩いて、母屋に戻って何やら持参してきた。

「これなんですけどね……」

喜八が差し出したのは小さな紙袋で、中には黒っぽい小さな丸薬が入っていた。

「何かしら」

掌に出した錦は、不思議そうに眺めた。

「なんでも、『越中屋』が作ったものだそうで、密かに江戸の大名屋敷や旗本屋敷などで、飲まれているそうです」

「密かに……なんですか、これ」

「分かりません。強壮剤か何かですかね。へへ、あっちの方が役に立たなくなったのを元気にするために」

嬉しそうに言ってニコリとなった喜八だが、真顔の錦を見て口に手を当てた。

「これは、失礼をば……」

「──小父様は、どういうつもりでこれを……」

「とにかく錦先生に渡せば、これが何か、ちゃんと調べるだろうって話してました」

「そうなの？」

「あ、はい……『越中屋』というのは、日本橋本町の薬種問屋だと思いますよ。あの辺りには薬屋が多ございますから」

錦は黒い粒の匂いを嗅いだり、舐めたりしてみたが、とても苦いものだった。

「ちゃんと調べるだろう……ね。登志郎小父様は、時々、こうして謎解きを仕掛けてくるけれど、もうハッキリ言って欲しいったらありゃしない」

文句を言って眉根を寄せる錦を見て、喜八は自分の眉間を指した。

「だめですよ、それは。折角の美人が台無しです」

「はいはい。こうでしたね」

ニッコリ微笑みかける錦に、目尻を下げて笑う喜八の顔は、まるで恵比須様だった。何となくほっとする。登志郎が中間として長年、抱えている理由が、錦にも分かる気がした。

「こんなことを言ってはなんですがね、先生……」

喜八は錦のことを励ましながらも、珍しく身の上話をした。

「あっしはね……辻井様に拾われたんです。ええ、本当に拾われたんです……あっしは上州の山ん中の小さな村で生まれ育ちましたが、ろくに米や麦も取れず、まさに草の葉や根っこを食って生きてきたようなもんです」

「……」

「この飢饉や天災ですからね、関八州の他の奴らと同じで、江戸に流れてきたんです。まだ〝人返し令〟が出る前ですが、何処に奉公しても酷い差別というか、嫌がらせにあって、日雇いの人足をするしかなかった。それも長続きせず、すっかり腐っちまってね……食うに困れば盗っ人するか物乞いしかねえ」

感極まったのか、喜八は遠い目になって、悔し涙を流した。

「故郷に帰ったところで、二親はもういねえし、干上がった田畑じゃ作れる作物もねえ……そんな宿無しの行き倒れ同然のあっしを相手にしてくれたのは、浅草で一家を構えてるちょっとしたやくざ者でさ」

「やくざ……」

「ええ。任俠の道なんてのは綺麗事で、そりゃ酷えことばかり。お縄にならねえ、ギリギリのことをして暮らしてやした……江戸市中が、俺みてえな明日をも知れない人々で溢れ返ると、おのずと治安や衛生が悪くなって、怪我人や病人も増える。しかも、流行病なんかに罹ったら、一発で終えだ。俺も……」

「病になったのですか」

「ええ……此度がそうかどうかは分かりませんが、麻疹に冒されて、あやうくイチコロでさ……やくざ一家からも追い出されて、行き倒れになってたところを、たまたま辻井様が助けてくれたんです」

　喜八は袖で涙を拭いながら、

「貧乏で治療を受ける金もないから、無料で施しを受けられる小石川養生所に担ぎ込まれやした……そこにいたのが、錦先生……あなたのお父上でさ」

「私の……」

「ええ。養生所廻りから、医者になったばかりの頃でしたかね……こんな娘さんがいたとは知りませんでしたが、まだ小さかったでしょうから、会ってはいませんが……とにかく、そこで命を助けられました」

　小石川養生所は元々、貧しい者たちの施薬院のような施設だ。流行病が発生すると、あっという間に、受け容れられる数を超える患者で溢れる。まっとうな人間ではない、遊び人や流れ者なんぞの面倒を見る余裕はなかった。

「それでも、八田先生は、命に貴賤はねえって、誰でも救おうとした。あっしも、その恩情に与ったわけでね……学もなければ頭も悪いから、拾った命の使い道が分からねえ」

「……」

「ある時、辻井様が、闇討ちにされそうになってね……吟味方与力だから、その判決に不服な奴が逆恨みで……その時、とっさに、あっしが楯になって、グサリ刺されました。土手っ腹にね」

錦は驚いたが、喜八は照れ臭そうに笑いながら続けた。

「医者に担ぎ込まれたら、また八田先生でさ……蘭学の外道とやらもやってから、はらわたを押し込んで治してくれた」

「そんな乱暴な……」

「先生は、折角、助けてやったのに、無駄に棄てるんじゃねえって怒ってましたよ。でも、八田先生にとっちゃ、大親友の命を守ったんだから、おまえが雇ってやれと、辻井様にあっしを中間として押しつけたんでさ」

「へえ、そんなことが……それって、まさに『かけた情けは水に流せ、受けた恩は石に刻め』ですね」

「は？　よく分かりませんが、これも縁でさ……あっしは運が良かった」

「たしかに父上は、なんというか……正義感が強いというより、色んなことに依怙地なところがありました……大変な現状になれば、何度も町奉行直々にかけあったり、さらにその上の老中らにだって異論を唱えたりして、ちょっと怖かったくらいです」

その父親の血を引いたのか、錦も医術で世の中のためになるという理想を描いていた。父が亡くなった後は、高名な医師に弟子入りし、本道、外道、漢方、骨接ぎ、薬事などを学んだ後、新しい西洋医術を求めて、長崎まで遊学した。江戸時代は〝医師国家試験〟はなかったが、誰でもなれるものではない。師によって優れた者が選ばれ、より高度な医術を学ぶのである。

錦が医学にのめり込んだのは、人助けもあるが、医師の世界は腕が勝負ゆえ、武士や百姓、町人などの身分に関わりなく、自分を活かすことができるからである。

幕府直轄の医学館ができたのは、寛政三年（一七九一）である。医師の認可制はさらに時代を下る。だが、諸藩にも医学校が次々と生まれ、漢方も蘭方も、それまでより数段も技術が上がった。高度な技術のみならず、知識と経験に加え、朱子学や陽明学などの高い思想と教養を備えた医者のことを〝儒医〟と称され、人々から信頼された。錦の父親も数少ない〝儒医〟のひとりだった。

錦はまだまだ及ばないが、今般の流行病らしきものも、何らかの病原菌が人の体内に入って、発熱や嘔吐、咳やだるさなどを催させているのだと判断している。だが、まだ細菌を死滅させる薬はない。あったとしても、すべてが解決するわけではない。天然痘の致死率は四割以上とも言われており、特に子供に発症することが多かった。

だが、すでに筑前国秋月藩の緒方春朔（おがたしゅんさく）という藩医によって、種痘法が編み出されていた。天然痘患者から採取した〝痘痂〟という、膿の粉末を鼻孔から吸引させて免疫を作ることで、予防ができた。『医宗金鑑（いそうきんかん）』という医学書を元にして発明したものだ。

その後、英国のジェンナーという医師が、もっと安全な、牛から取る〝牛痘法〟というのを確立しており、西欧はもとより日本にも文化年間には入ってきていた。錦はそれと同様に、目に見えない病原菌が引き起こしている病ならば、それから種痘法同様に免疫を作る薬ができるかもしれないと考えていた。

錦がそのことを話すと、喜八はポンと胸を叩いた。

「そうでやすか。ならば、俺が華岡青洲（はなおかせいしゅう）の妻ならぬ、錦先生の下僕として、この体を犠牲にしてやって下さいやし。それが、あなたの父上や辻井様へのせめてもの恩返しでさあ」

「気持ちだけ戴いとくわね。父上が助けた命、無駄に使えませんから」

微笑み返す錦は観音様のようだと、喜八は大袈裟に手を合わせるのであった。

二

番町の一角にある旗本屋敷に、北町奉行所定町廻り同心・佐々木康之助が、肩を怒らせて乗り込んできていた。

旗本とは、中川船番所を預かる稲垣弾正のことである。

稲垣弾正はわずか五百禄取りの下級旗本とはいえ、三河以来の由緒ある徳川直参である。将軍御目見得の身分であり、拝謁ができない御家人とは格が違う。にもかかわらず、門番を押しやるかのように来たときには、温厚で知られている稲垣でも、表情を硬くしていた。

大名屋敷や大身旗本に囲まれているこの一帯は、半蔵門にも近く、万が一、江戸城に何かあれば駆けつけられる態勢になっている。町方役人がおいそれと踏み入れられない所だったのである。

しかも隣接しているのは、老中・太田駿河守(おおたするがのかみ)の上屋敷である。掛川藩五万石の大名と、下級旗本の稲垣が懇親であるとは思えぬが、〝中川番〟を推挙したのは、太田であるとの噂もある。稲垣のような小普請組旗本は実質は無役だから、隣家をよいことに、老中に対して猟官活動をしていたとしても不思議ではない。

「なんだ、かような刻限に……」

すでに月が高く昇っており、辻番の明かりも消えている。佐々木の夜討ち同然の行いを、稲垣は批判した。

だが、佐々木としては、北町奉行の権力と権威を背にした「公儀御用」だという自負もある。しかも町奉行は三千石の旗本ゆえ、下手に悶着が起きれば、当然、遠山左衛門尉が出てくるであろうから、無下に追い返すこともできなかった。

不浄役人が門を潜ったというだけでも、不愉快な稲垣は、玄関に留め置いて、佐々木に問いかけた。小身旗本にしては、恰幅も良いし、態度も大きい。

「用件はなんじゃ。有り体に申せ」

「御用の筋ゆえ、ご無礼をばご寛容下されば幸いです。しかも、此度、流行る兆候のある疫病に関わることでございます」

「なんと……それならば聞かぬではないが、儂と何の関わりがあるのだ」

「稲垣様が拝命しております中川船番所から、さほど離れていない所には、猿江御材木蔵や深川の貯木場、元は湿地帯で塵芥で埋め立てられた十万坪などもあります。往来する人や川船も沢山ありまするが……洲崎の日の出島の目と鼻の先でございます」

「それがなんだ」

「軽々しく判断はできませぬが、日の出島の塵芥が原因でないか……という者もおりますれば、本所廻りの方で調べております」

「そうらしいな。で……用件は何だ」

苛ついたように稲垣が言うと、佐々木は上目遣いになって、

「先日、中川船番所に捕らえられていた上総の下部村など数ヶ村の惣庄屋が、逃げましたね。弥之助という者です」

「さあ、知らぬ。儂は何も聞いておらぬが」

「そうなんで？」

佐々木は意外な顔になって、信じられないとばかりに首を左右に振った。

「船番所支配の稲垣様に、報されてもいないないですか」

「その者がどうしたのだ」

「本当に何も知らないのですか」

稲垣はコクリと頷いた。役職に就いていても、細かなことは現場に任せているのは多々あるが、自分の領民の不祥事も承知してないことに、佐々木は呆れ果てた。

「俄に信じられませぬが……掻い摘んで話しますと……」

上総にある稲垣の所領地である村から、謎の疫痢が発生したこと、そのことで医者や僧侶が村人に殺されたこと、その事件について簑吉という村人が江戸に出向いたが死んだこと、さらには弥之助が疫病の疑いがあって橋番所に捕らえられたが逃亡したこと——などを一気呵成に伝えた。

さすがに稲垣は驚きを隠せなかったが、不思議と動揺はしていなかった。

「あなた様の領内で、疫病が流行っていたことを知らないのですか」

「まあ噂に聞いていたが……それに領地といってもな……」

俸禄米をくれる土地であって、政治的な支配は形式的なことだと、はぐらかすように言った。佐々木は承知している。それにしても、瓦版に取り上げられた事件もある。無関心過ぎるのではないかと、逆に不審に思った。

「知らなかったのなら、私から篤とお聞かせ致しましょう」

佐々木が身を乗り出すのを、無粋な顔のまま稲垣は突っ立っていた。その後ろには、険しい顔つきで家臣が数人、控えている。

「逃げた弥之助は、うちの番所医が調べたところ、疫病には罹っておりませんでした。年が年だし、長旅の疲れはあったようですが、今も当たり前に食事も取ってます」

「さようか。それはよかった……」

「弥之助は何のために、はるばる江戸くんだりまで来たと思います」

「はて……」

「あなた様に直訴するためです。ですが、あなたは……いえ、中川船番所に出向いているあなたの家臣が、直訴は相成らぬと追い返そうとしたけれど、どうしても伝えたいことがあると、番人の隙を見て江戸に潜り込んだ。そしたら、浪人たちに襲われた。それを銀次って遊び人が……ま、それはいいです……たまたま私たちが助けに入ったんです」

「……」

「命を狙われながらも、弥之助が、一体、何を直訴したいのか、気になりませぬか、領主として」

佐々木が詰め寄ると、渋々と稲垣は答えた。

「――何をこの儂に言いたいのだ」

「村々で疫病が流行っているのは、事実らしいですが、その理由が分かりません。そこで、弥之助が調べたところ、逆に江戸から持ち込まれた節があるというのです」

「弥之助が、か」

「はい。そのため村人が犠牲になったのです。まずは、その対策をして貰いたいということ。もうひとつは、原因をハッキリさせて貰いたいとのことです」

まるで代弁するような佐々木を、稲垣は目を細めて見返した。

「おぬしは、弥之助から何を聞いたのだ」

「それは……稲垣様が、本当は一番、ご存じなのではありませぬか」

鎌を掛けるような言い草に、さらに苛ついた稲垣は、「ハッキリと申せ」と強く迫った。佐々木はしたり顔になって、

「ご存じですよね」

「……奥に参れ。じっくり聞こう」

誘ってきた稲垣に、佐々木は待ってましたとばかりに従った。すぐに奥座敷に通された佐々木は油断することなく、周辺を窺っていた。廊下にも隣室にも、家臣がいつでも踏み込める体勢で立っている。

このような緊張は慣れているのであろうか。佐々木は平然と稲垣の前に座り込んで、弥之助から調べたことを伝えた。

「まず……簑吉というのは、江戸に来た途端に、何者かに殺された。町奉行所の検屍では、首を絞められた上で、日の出島の塵芥山に棄てられたことが分かっています」

「殺された、とな……」

「ですが、読売にも書かれているとおり、〝江戸桜〟が体に浮かんでいることから、此度の疫病患者であることもたしか……かと思われましたが、うちの番所医の見解

では、後で疫病にされたかもしれないと」

「どういうことだ」

「さあ……殺した奴をとっ捕まえて、白状させなければ、狙いは分かりませんが、俺の考えでは……病で野垂れ死にでもしたように見せかけたのではないかと思います」

「塵芥置き場で野垂れ死にとは、これ如何に……」

「日の出島には、日に三百艘もの塵芥船が押し寄せてくる。初めは俺も、埋めて隠すためかと思った。だが、逆だな。必ず見つかるように置いていた」

「何のためにだ」

「大騒ぎにするためですよ。塵芥捨て場に、〝江戸桜〟の疫病に罹った奴が死んでたら、読売が飛びつかないわけがない。それが瓦版になったら、人々は大騒ぎだ」

「……」

「隅田川に死体を流すなんてのは、そんなに大昔の話じゃない。忌み嫌われた疫病に罹った奴は、生き埋めにだってされたことがあるんだ。おお、怖い、怖い」

わざとらしく佐々木は体を震わせた。冷静に見ている稲垣は静かに訊いた。

「おまえは何が言いたいのだ。奥歯に物が挟まった言い草は嫌いでな。わざわざ屋敷まで訪ねてきたのだ。ハッキリと物申せ」

「まあ、そうおっしゃらず……」

佐々木は相変わらず人を食ったような言い草で、

「仮にも、お旗本ですからね。俺たち貧乏同心とは考えることも違うんでしょうが……こう見えても俺は、理不尽なことが大嫌いなんですよ……いえ、誤解しないで欲しいですが、ちゃんと稲垣様のことは、お旗本として敬意を払っておりますので」

「とても、そうは思えぬがな。続きを話せ」

稲垣が少し苛ついて言葉を投げると、佐々木の瞳の奥が燦めいた。

「いいんですね……覚悟をして、聞いて下さい。北町奉行・遠山様は、あなたが臭いと睨んでおります」

「何のことだ」

「簑吉殺しについてです」

「ふざけるな。いい加減なことを言うと容赦せぬぞ」

「あなたは前々から、奥医師の篠原慶順先生と昵懇だった。若い頃、同じ学問所にいたらしいですな」

「それが何だというのだ」

「あの御仁は確かに名医らしいが、小石川養生所の松本璋庵先生とは正反対で、医学を出世の手段と考えておられる節がある。隅田川の花火をやめるよう、幕閣に進言したのも篠原先生だとか」

「当然であろう。万が一、疫病が広がれば、苦しむのは庶民たちだ」

「ですよね」

佐々木は当然のように頷いて、相手の顔を覗き込んだ。

「さっき話しかけましたが、銀次という遊び人がおります。岡っ引の真似事をしてますけどね、これがなかなか役に立つ奴でしてな。本所廻り同心の話では、日の出島の塵芥の中から、色々なものを採取したそうです。何のためだと思います」

「問いかけはいいから、さっさと用件を言え」

稲垣の苛々は頂点に達していた。だが、佐々木はまったく無視して、

「銀次は、その土を小石川養生所の松本先生の所に持ち込んで、どのような黴菌が

いるか調べさせているそうです。此度の疫病に関わりがあるのか。あるなら、どのような薬剤が効くのか、調べるためです」

「……」

「ご存じのとおり、漢方は色々な薬草を合わせることで、効き目の違うものを作ることができます。松本先生は、『本草図譜』にある二千種類もの薬草から、何十もの薬草を調合して治療薬を作るそうですぞ。なぜならば……疫病に罹らないようにするのは、難しいからです」

「気の遠くなる話だのう」

「ですが、ある薬種問屋は、すでに疫病に罹りにくくする薬を作っており、奥医師の篠原先生が、お墨付きを与えたとか」

「――そうなのか」

わずかに表情が曇った稲垣に、佐々木は凝視しながら言った。

「ご存じなかったのですか」

「知らぬ。儂が、知る由もない」

「それは妙な話ですな……弥之助の話では、稲垣様の領内に、江戸の薬種問屋から養生丸（ようじょうがん）という丸薬が届いて、大喜びをしていたそうです。ところが、その丸薬を飲んでも死んでしまった者もいる」

「……」

「だから、一体、どうなっているのかと、稲垣様……弥之助はあなたに直訴するために、江戸に来たのです。なぜなら、あなたが養生丸を領民に、『これで癒やせ』と届けたからに他なりませぬ」

佐々木は取り囲んでいる家臣を見廻して、

「この中の何方かが、下部村まで届けに行った。そうですよね」

と断言するように言ったが、誰も返事をすることはなかった。

「日の出島で見つかった簑吉は、その先触で来たと言いましたがね……実は、別の理由もあったんですよ」

「別の理由……」

「はい。簑吉って男は、弥之助の話によると、代官所に出入りして、江戸でいう岡っ引のように御用を手伝ってました」

「……」

「俺が十手を預けてる嵐山によって、江戸に来てからの簑吉の足取りが分かりました」

佐々木は稲垣を見据えたまま、

「簑吉は、十日程前に、日本橋本町の薬種問屋『越中屋』を訪ねてるんです。ご存じですよね、『越中屋』を」

「店の屋号は聞いたことがある」

「そうじゃないでしょ。『越中屋』の主人とあなたがどういう仲かは知りませんが、よく柳橋の料亭で会っているではありませんか。ええ、このことも、簑吉の足取りを追っているうちに分かったことですがね。ちゃんと店の者たちも証言してます」

「……」

「いいですか。簑吉は、江戸に来てすぐ『越中屋』を訪ねました。そこで、何らかの揉め事があって、簑吉は番頭の儀兵衛を殴ってしまった。それで、手代らが表に引きずり出して蹴散らした」

「……」

「これも確かなことです。番頭も手代らも否定しましたが、たまさか、その騒動のときに通りかかった、高積改役の田川力蔵が止めに入っているんですよ」

佐々木は畳みかけるように、

「その直後に、『越中屋』を訪ねてきた養生所見廻りの鈴木馬之亮に預け、養生所医師として来ている若い町医者に、簑吉の怪我を見せたというんです。つまりですね……同じ日、同じ刻限に『越中屋』にいた三人が、この数日の間に、死んでいるんです」

「だから、なんだ……」

「ここまで聞いて、妙だとは思いませんか」

「たまさかのことであろう。先程、簑吉殺しに、この儂が関わってるような口振りだったが、なんぞ証拠でもあるのか」

「ありません」

意外とあっさりと佐々木は言うと、稲垣の眉が吊り上がった。

「ふざけるな。貴様、どういうつもりだ」

「確たる証拠はありませんがね、稲垣様。あなたと深い繋がりのある薬種問屋『越中屋』に関わっていた三人が死んだんです。偶然とは思えないでしょう。だから、探索に手を貸して貰いたい。そのつもりで、お願いに上がったのでございますよ」

「本音とは思えぬ。何が狙いだ」

「今言ったとおりです。『越中屋』はかつて、強壮剤で大儲けをし、その金で幾つかの同業者を買収して店も大きくしました。その際、お宅の隣にある御老中に賄賂を払って、公儀御用達の看板も掲げるようになった大商人です」

「適当なことを言うでない」

「たしかに……俺としたことが噂話をネタにして申し訳ありません。ですが、そういう怪しい薬種問屋でして、主人の仙右衛門の出自も怪しいものがあります」

「……」

「どうか、お力を貸して下さい。仙右衛門のことを知っている稲垣様なら、何か探れるのではありませぬか。それで、あなたの領民も含めて、亡くなった……いえ、殺された者の恨みを晴らしてやりとう存じます」

　佐々木は両手をついたが、稲垣が了承するはずもなかった。

「町方のことは、町方でやれ。こっちは中川船番所のことで手一杯じゃ。悪いが、何の助けもできぬな。さあ、帰るがよい」

稲垣は不愉快な眼差しを向けて、家臣たちに目配せをした。すぐに数人が、佐々木の背後に集まって、

「お引き取り願おう」

と半ば無理矢理、玄関まで送り出した。

座敷で深い溜息をついた稲垣は、傍らにいた側近に声をかけた。

「儂に探りを入れに来たのは間違いない。あの者は北町でも指折りの切れ者というから、下手に手を出すな。よいな、股野」

股野と呼ばれた家臣は、無言のまま小さく頷いた。

三

錦が再び永代橋を渡って、深川に足を運んだのは、『越中屋』の黒い丸薬を手にした翌日のことだった。辻井の居所を探してのことではない。

実は、銀次という遊び人風を探すためであった。浪人たちから弥之助を守った場面に遭遇したとき、一瞬、会っただけの男だが、乳房を握られたのが、どうも腹が

立って仕方がなかった。

もっとも用件はそれではない。本所廻りの伊藤から聞いた話を確認するために、錦は自ら出かけずにはいられなかったのだ。

銀次が日の出島から塵芥や土砂を浚っていたのは、小石川養生所の松本璋庵に届けるため。そこから病原菌を見つけ、薬作りに役立てようというものだったと、佐々木から聞いていたからだ。

もちろん、松本は錦の師匠でもあるから、小石川にも訪ねて、銀次の素性を訊いた。が、松本もよく知らないとのことだった。ただ、銀次は、辻井の間者として仕えていたこともあったと、松本は話した。吟味には様々な裏付けが必要なので、その助けをしていたらしいのだ。

辻井は実直な雰囲気の父親と違って、何処か摑みきれない紙風船みたいなところがあった。外見は元吟味方与力らしい風貌ではなく、ぼんやりした何処にでもいる御老体にしか見えなかった。能の仕舞の真似事もし、和歌を詠む風流もあったが、そのせいか何となく頼りなさそうだった。

それでも、父と同じく正義感が強く、剛直で慈悲善根の人であることは、もちろん承知していた。小野派一刀流の剣術や楊心流柔術にも優れており、吟味方与力らしく、誰かに偏った言動は慎み、鷹揚な態度はいつも自然体であった。楊心流柔術は医療を目的として柔術を広めた秋山義時(あきやまよしとき)を祖とする。それゆえ、錦も嗜んでいたのである。

錦が踏み込んだのは、本所三笠町という怪しい町である。関八州からの流れ者が多く住み着いており、得体のしれない輩も多かった。深川七所のような岡場所もありながら、〝けころ〟という夜鷹同然の女郎も潜むようにいた。

まさに淀んだどぶ川に囲まれたような町であるから、本所見廻りの役人も敬遠しがちだった。下手に関わると命がないからだ。ゆえに、治安が悪くなる一方だった。こういう町だからこそ、疫病も広がる。

さしもの錦も、見るに見かねるような酷い状況が漂っていた。白衣に身を包んだ錦は、まさに〝掃き溜めに鶴〟であった。

こんな町でも当然、町名主はおり、奈良屋(ならや)、樽屋(たるや)、喜多村(きたむら)の町年寄三家の支配下で、町を取り仕切っていた。町年寄とは、江戸町奉行直属の町政を預かる者で、今でいえば副都知事の役割を持ち、苗字帯刀を許された特権商人であった。

町名主の権兵衛は、狸のような丸い体つきで、穏やかそうな顔だちだが、目の奥は異様なほど険しい光を放っている。

「先生……錦先生……なんで、こんな所に来ているのですか」

町角の何処かから見ていたのであろう。権兵衛は長い煙管を吹かせながら、近づいてきた。長めの羽織を着流している姿は、町名主というより、女郎屋の主人のようだった。

「おや、権兵衛さん。お元気そうで何より」

錦が軽く頭を下げると、権兵衛はニコニコ笑いながら、

「駄目ですよ。先生には相応しくない町だ。帰って貰わないと、辻井様に叱られますよ。ここには町医者もおりますから」

「それにしちゃ、随分と病気がちの人がいるようですねえ」

飯もろくに食べてないのか、痩せている者たちが多い気がする。無法地帯とまではいかないが、やはり流れ者が多いせいか、あちこちで平然と賽子賭博などをしている。ならず者が賭場も開帳しているようだが、本所見廻りの榊原や伊藤も見て見ぬふりをしているのであろう。

このような不潔な町をなくすのも、番所医の務めであろうと、錦は思っていた。が、今日の用件は、銀次を探すためである。さっそく、権兵衛に尋ねてみると、

「——銀次……さあ、分からないねえ」

と答えるだけだった。

顔の特徴や態度などを話してから、錦はどうしても会って訊きたいことがあると、権兵衛に伝えた。だが、知らないと権兵衛は答えるだけであった。

「日の出島で、塵芥や土砂を浚ってたんですがね、そこから病原菌を取り出すとかで……ただの遊び人とは思えなかったので」

「近頃は洋学流行りだから、色々なことを考える人が増えたが、この町にはそんな高尚な人間はおりやせんよ」

自虐的に言った権兵衛だが、この男も、その昔、幕府に許可を得てこの一帯を埋め立てた深川八郎右衛門(はちろうえもん)の子孫だ。いわば大地主のひとりである。ゆえに、関八州から流れてきて、〝人返し令〟でも行く場のない者たちの面倒を見ているのである。

「ま、でも一応、錦先生のためだから、探してみますよ」

権兵衛がそう言ったとき、ふらふらと足下が覚束ない女が路地から出てきた。薄

汚れたものを着崩しており、一見して女郎だと思った。権兵衛はすぐに駆け寄って、

「おたえさん……だめだよ、出歩いちゃ」

と体を支えた。

錦の目には、すぐに労咳を患っていると分かった。これは人にうつす病であるから、きちんと隔離して面倒を見なければならない。小石川養生所にも、労咳患者を治療する所があるが、町医者ではなかなか行き届かなかった。

深川にも養生所はあるものの、幕府の施設ではなく、藪坂甚内(やぶさかじんない)という医師が古寺を借りてやっているのを、深川の商家や町人などの寄付によって支えているのだ。

「ここでは労咳の人の面倒も見てますよ」

と権兵衛はそう言って、一方を指した。

五重塔が聳えているのが見えるが、実は三重しかない朱色の小さな塔である。元は真言宗の寺だったそうで、十数年前の大地震で本堂は潰れたが、塔や寺の一部は残ったという。その庫裏を利用して、労咳の者たちを匿うようにして、面倒を見ているという。

それが噂となって、本所三笠町といえば、衛生も風紀も悪い町という噂が広がり、

それゆえ余計に、世の中のあぶれ者みたいな人たちが集まるようになったのである。

　錦が案内されて行ってみると、仕切りを作られた庫裏の中は、不思議と女たちばかりであった。権兵衛はたまたまのことであって、以前は男もいたという。だが、錦には何か理由があるように思えた。

「もしかしたら、この女の人たちは……」

「さすが錦先生。察しがいい。ええ、深川に七ヶ所ある岡場所の女たちです」

　割下水東側の局長屋には、名の通った娼家が並んでいるのだ。割下水とは排水路のことである。二間程の幅で、雨水などを利用して隅田川に押し流しているのだが、淀んでいる所も多く、これもまた疫病に関わっていた。

「労咳か梅毒か、他の流行病か分からないけど、とにかく、客を取らせることができなくなった女の墓場でさ」

「墓場なんてそんな……」

「だって、この女たちは借金だけが残って、店からは追い出されたんだから、稼ぎようがない。後は死ぬのを待つだけ。運良く元の体に戻っても、また苦界で働かされる。死ぬも生きるも地獄でさ」

権兵衛は町名主として、弱い者や貧しい者、穢れた者を排除するのではなく、世間とは隔離しながらも、こうして守っているのだ。錦はその心意気を感じて、

——これこそ、町奉行所で取り組むべきことではないのか。

と腹立たしさすら覚えてきた。

庫裏に入った錦は、二十人程いる女患者を診て廻った。だが、その中には、ひとりとして〝江戸桜〟が現れている者はいなかった。似ているのは、おそらく梅毒によるものだった。ほとんどの女は、長年、体を酷使したための疲労が祟ってのことであろう。

「俄に治すのは難しいかもしれませんが、このままでは、本当に地獄行きです。なんとか、小石川養生所とかけあってみますね」

錦は励ますように言ったが、権兵衛は無駄ではないかと諦めていた。

「なにより、女たちは生きる望みを失っている……明日のことなど、どうでもいいと思っている人間を励ますのは、本当に難しいものだからねえ」

「権兵衛さん、頑張ってね。あなたみたいな町名主ばかりなら、人々は助かるのに」

「買い被りですよ……」

神妙な顔になった権兵衛は、まるで地獄絵のような境内を眺めながら、自分を奮い立たせるしかなかった。

錦は一通り診察をしてから、

「私が見たところでは、〝江戸桜〟に罹ってる人はいそうにないですね」

と言うと、権兵衛は安堵したように溜息をついてから問いかけた。

「かねがね思ってたんですけどね、此度の流行病の〝江戸桜〟ってのは、解せないことが多すぎるんですよ」

「どういうふうにですか」

あえて錦は聞き返した。自分も違和感を抱いていたからである。

「先生も知ってのとおり、この深川の土地の下だって、瓦礫や土砂を埋めたものですからね。江戸市中の奴らは、この辺りの者たちが疫病の元凶かもしれないって、まるで蛆虫扱いでさ」

「まさか……」

「疫病が起こるたびに、この辺りが忌み嫌われる。今度も、日の出島が目の敵にされ、近くの洲崎の漁師が獲った魚や浅蜊までが、汚いものだと思われる。冗談じゃねえ」

「おっしゃるとおりです」

日の出島もいつかは島になり、誰かが住むかもしれないし、飲み屋や遊郭ができるかもしれない。江戸は埋め立てられて広がった町だと改めて感じた。

この三笠町は、南割下水の北側沿い一帯にあるが、いわば東西南北の下水に囲まれた町である。割下水は水捌けを良くするために必要なものだが、却って疫病を増やす。江戸城三之丸にちなんだ町名で、御家人衆の屋敷も多い割には、〝江戸者〟からは毛嫌いされていた。

「しかも、日の出島とは目と鼻の先の洲崎辺りには近頃、廻船などの船乗り相手の女郎屋もできて、深川の悪所よりも安女郎が出没してる。その安女郎たちも、まるで黴菌扱いでさ」

「酷い。そんな女たちもいるのですか。それで、奉行所は黙っているのですか」

日の出島は一応、江戸町奉行の管理下にあるものの、正式な幕領地とはなっていない、ただの塵芥捨て場だ。だから、三笠町に潜んでいた無法者たちが入り込んで、小さな集落みたいにして隠れ蓑にしているという。

「私も一度、行ってみましたがね……とんでもない所です」

夜になると、日の出島に妖しい灯りが浮かび、遊女屋らしきものがあるのが分かる。まっとうな人間は、そんな所に行きたがらない。だが、権兵衛の話では、三笠町とさして変わらない家もあるという。もっとも、塵芥の腐臭が漂っているのには、慣れないだろう。権兵衛は続けて言った。

「私も塵芥の処理については、筆頭与力に訴えたことがあるのですが、担当がどうのこうのと、本気で取り組んでませんね。意外なことですが、町人任せなんです」

割下水が伝染病の感染経路であり、人が密集している裏長屋という暮らしぶりが、〝罹患率〟を高めている。武家屋敷のある地域とは違って、日本橋、神田、深川、浅草、本所が物凄く高い。問屋や仲買人が集中しているのに加えて、裏長屋には小売商、職人らが肩寄せ合うように起居しているからだ。

殊に、本所・深川一帯は、隅田川から木樋を引くことができず、井戸の掘削も難しいから、飲み水の確保が難しい。水売り商による、水船に頼っているのが実情だった。

飲み水不足のため、船で運ばれてくる水には、病原菌で汚れている危険も高い。

ゆえに、ここに住む人たちが、疫病を恐れるのも当然だった。しかも、死因は今でいう、肺炎と気管支肺炎がほとんどである。下痢や腸炎、そして肺結核も多い。

塵芥集めや溝浚いはひとえに、衛生を良くするためであった。江戸中から集められた芥船によって、本所・深川界隈が犠牲になっていたとも言える。

「だから私も、町年寄に何度も掛け合ってるんですがね……疫病が流行れば、また逆に知らん顔でさ……」

権兵衛は両肩を落として、無念そうに言った。

「にも拘わらず、此度は疫病の元凶がここだということで、ご公儀は三笠町を潰してしまおうと思ってるんだ」

「そうなんですか。知りませんでした」

「まあ、そりゃね。新しく綺麗にして、今住んでる者たちも暮らせりゃいいですよ」

「違うのですか」

「日の出島にでも移れってんですよ。嫌なら故郷へ帰れと、〝人返し令〟を楯にしてね。この町にいる奴は、ただ貧しいだけなのに、貧しいから病になり易いだけなのに、咎人扱いだ」

女たちの姿を眺めながら、錦も辛そうに聞いていた。権兵衛の口調はさらに怒りに満ちて、強くなってくる。

「あんまりじゃありませんか……でも、考えてみりゃ、この三笠町は、三之丸のお役人の屋敷があったような地の利の良い所だ。安女郎も追いやって、吉原みたいな絢爛豪華な遊郭にするって話もあります」

「そんな……」

「遊郭だけじゃありやせんよ。お上がお許しになった賭場まで作るらしい」

「賭場……でも、それは……」

「だから、公儀のお墨付きなんですよ。隠し賭場や岡場所があるくらいなら、いっそのこと、〝公儀御用達〟の遊技場(ゆうぎば)を作ろうって話です。芝居小屋みたいに、お上のお許しを得た印に、大屋根の上に櫓(やぐら)でも作るんですかねえ」

とても耐えられないと唇を震わせる権兵衛に、錦も義憤に駆られて、

「ここで暮らしている人のことなんか、どうでもいいのですね。ただでさえ、疫病で苦しんでいるというのに……分かりました。遠山様に直談判します」

と決心したように言った。

「さて、遠山様とて、どうだか……」

　権兵衛は諦めたように首を振りながら、

「それに、町奉行様はもうお一方おいででしょ。鳥居様……この御仁が、貧困対策と疫病対策を同時にやろうとしている。三笠町はただでさえ評判が良くないから、誰も反対なんかしませんよ」

「――そうですか……」

　銀次という男に会うつもりが意外な話になった。

　そんなふたりの前に、ぶらりと黒羽織の侍が立った。役人風だが、目つきは異様に鋭かった。思わず睨み返した錦に、

「銀次を探してるってのは、おまえか」

　と唐突に訊いた。

「はい。そうですが、あなたは」

　錦が訊き返すと、権兵衛の方が答えた。

「中川番の三浦様です」

「銀次って奴は近頃、船番所にも来て、何やら調べてるようだが、得体の知れない

奴だ。見つけ次第、俺にも報せろ。いいな」

「はい。それはいいですが、三浦様……」

不審げな目を錦は向けて、

「どうして私が、銀次って人を探しているって知ってるのですか」

「それは……先刻から、権兵衛に訊いておったではないか」

「では、ずっと私を見張っていたということですか」

「いや、そうではないが……とにかく、権兵衛。おまえも三笠町を遊興の町にするなどと、関わりのない者に、あれこれ余計な話をするのではない」

三浦が顰め面になると、権兵衛は手を振りながら言った。

「関わりないことはありません。北町の番所医の先生ですから、この人は」

「ほう。女が番所医、な……」

「女ではいけませんか」

「それが何故、銀次を探しておるのだ」

「此度の疫病について、何か知っている節があるので、訊きたいことがあるのです」

「疫病の何を知ってるというのだ」

三浦の鋭い眼光がギラリと動くのを、錦は見逃さなかった。

「病の原因を探して絶つのが医者の務めですので」

「ならば、遠山様にもご進言するのだな。早くかような汚い町を綺麗にしないと、ますます酷くなるとな」

睨みつけるように三浦は言うと、背中を向けて立ち去った。錦が睨むように見送っていると、権兵衛は遮るように立って、

「あの三浦様には関わらない方がいいです」

「どうしてです。とても嫌な感じ」

「仕方がありません。元は火付盗賊改方の与力で、何かヘマをやったとかで、中川船番所に廻されたのですよ」

「そうなのですか、火盗改……」

火盗改は、放火や盗賊という凶悪犯を取り締まる役人だ。与力十騎に五十人の同心を擁しており、密偵として本物のやくざや咎人を使うこともあった。捜査権は町人のみならず、武家や僧侶などにも及んだ。だが、裁判権はないため、町奉行に移

されるが、その前に拷問を行うのが慣例だった。

「だから、咎人がよく隠れ潜むと言われる、この町を、目の敵にしてるんですよ」

「目の敵……」

「そうなのですか……」

「三浦様はあんな言い草をしてましたが、もしかしたら、銀次ってのはあの人の手先かもしれませんね」

権兵衛が忌々しげに目を細めるのを、錦は心配そうに見ていた。

四

この数日、梅雨に戻ったかのような雨が続いていた。細菌も増えやすく、病も広がりやすい。常に風通しを良くして、床も柱もできるだけ多く乾拭きした方がよいから、北町奉行所も障子戸を開けっ放しにしていた。

与力詰所脇にある診療部屋で、佐々木が咳き込みながら悲痛な顔を向けた。

「――お、おい……俺も〝江戸桜〟に罹ったんじゃないだろうな」

「バカにせず気をつけて下さい」

錦はにべもなく答えると、佐々木は縋るような態度で、

「別にバカになど……何か処方はないのか」

「ありませんね。今のところは」

「そんな冷たい言い草はないだろう、はちきん先生……」

「その綽名は言わないでって、何度も申し上げておりますけど」

「あっ――！」

突然、佐々木が大声を上げたので、隣室の年番方与力たちが驚いて振り向いた。

佐々木は錦に擦り寄るように、

「はちきん……いや錦先生。実は、この前……」

稲垣弾正の屋敷に赴いたことを伝えた。殺されたと思われる鈴木、田川、そして簑吉三人のことを調べるがためである。

「その夜から、妙な輩が俺の組屋敷の周りをうろついたりして、庭に変な嘔吐物みたいなものや、土間の水桶にも小さな埃なんかが浮かんでたんだ」

「そうなのですか？」

「知らずに飲んだとき、苦いなと感じたんだが……もしかして、俺に毒代わりに、病原菌でも飲まそうとしたんじゃねえかな」

「まさか……」

「いや。間違いねえ。俺が真相に近づいたものだから、鈴木さんや田川さんみてえに殺そうと企んだに違えねえ。そうだろ、先生」

「さあ、私には……」

「だって、おまえさんが探れって言ったんじゃないか。『越中屋』が怪しいからって。でもって繋がったのが、稲垣弾正……」

身震いをして、佐々木は錦を見つめた。

「なに、これは怖がってるんじゃないぞ。武者震いだ」

「背中を見せて下さい」

佐々木が片肌を脱ぐと、綺麗なもので何も痕跡がない。錦は軽く背中を叩いて、

「意外と白い肌なんですね。大丈夫です。〝江戸桜〟はありません。今のところは」

「今のところはって、おい……俺はまだ死にたかねえよ。嫁だって貰ってねえし」

俄に不安げになる佐々木に、錦は淡々と、

「そりゃ誰だって死にたくはないですよ。では、試しにこれを飲んでみますか」

と黒い粒を差し出した。例の辻井が置いていった薬である。

「これは、あの……」

「そうです。『越中屋』が密かに大名や旗本に高値で売っていたものです」

「誰がこんなものを……ペッペッ……そもそも何でできているか分からないだろ」

「分かりましたよ」

錦はまったくの偽薬ではないと、調べたことを話した。

「かの『越中屋』は、養命丹という強壮剤で儲けましたが、この養生丸もほとんど同じ薬草でできています。漢方の薬草ではなく、焼いた蝮（まむし）やイモリの粉です」

「四目屋薬（よつめやぐすり）ってことかい」

両国の『四目屋』の〝長命丸〟と〝女悦丸〟が精力剤として有名だった。佐々木は嫌らしい目つきになって、錦を舐めるように見た。その顔を毅然と睨みつけ、

「どうします。飲んでみますか。藁にも縋りたい気持ちなのでしょ」

「伝染病かもしれないのに、強壮剤飲んでどうするんだよ」

「ですよね。でも、みんな不安だから、何両も出して飲むんです。大名やお旗本な

ら、大金を払えるからでしょう。でもね……」

錦はさらに険しい顔になって、傍らに置いてあった読売を差し出した。それには、人々が鬼に追われるような、やはりおどろおどろしい絵が描かれており、〝江戸桜〟がますます広がっている様子がある。佐々木はそれを手にして、苦々しい表情になった。

「こんなこと……」

「読売が煽れば煽るほど、江戸の人々は不安に駆られます。上総から大変な病が流れてくるのではないか。事実、何人かそれらしい人が亡くなったとね。町方与力がふたりも犠牲になったという話は、かなりの衝撃があったと思いますよ」

「——でもよ、先生……『越中屋』は今度は、〝救命丸〟てのを出したそうじゃねえか。しかも、こいつは只ときたもんだ。江戸町人なら、誰でも一文も払わずに飲むことができる。『越中屋』はそう言い触らしてるぜ」

とても信じられないと佐々木は言いながらも、自分は〝救命丸〟なら飲みたいと望んだ。錦はその話を聞いて、

「そうなのですか……只で……」

錦には不思議で仕方がなかった。その〝救命丸〟とやらを只で江戸町人に配るとなれば、『越中屋』の儲けにならないではないか。

「そこのところは俺にもまだ分からぬ。だが、あの『越中屋』が儲けにならないことをするわけがない。何か裏があるはずだ」

「裏とは……」

「分かってたら、とっとと御用にしてる。それより、先生……ゴホゴホ……俺は本当に大丈夫なのか」

「ただの風邪ですよ。甘草、陳皮に麝香と白檀を混ぜたものです。後で白湯で一服、飲んでおいて下さい」

と錦は薬袋を渡した。

「御用で大変なのは分かりますが、今日は沢山寝た方が宜しいですよ」

「――先生……俺には優しいんだな」

「みんな一緒です」

素っ気なく言う錦に、佐々木は苦笑して立ち上がった。立ち去ろうとしているのへ、

「あ、そうだ、佐々木様」

と錦が声をかけた。

「今の話だけど……只の薬っていうやつ。もしかして、またぞろ同じ強壮剤かもしれないから、手に入れてきてくれますか」

「人使いが荒いな」

「あ、それから、中川船番所の稲垣様と、元火盗改与力の三浦某様の関わりも調べてみて下さい。きっと何かあると思います」

「三浦……三浦功一郎のことか」

「今は船番所にいます。三笠町の権兵衛さんの話で気になって、私もちょっと診察にかこつけて探ってみたら、色々と気になることがありましてね」

佐々木は立ったまま、錦の話を聞いていた。

「もし、〝江戸桜〟が疱瘡や麻疹の類なら、新しい種痘の苗を作って、植え付ければよいと考えてました。でも、どうやら、そういう状況ではないようなのです」

「どういうことだ」

座り直した佐々木の前に、錦は江戸の絵図面を広げて、

「読売によると、今般の〝江戸桜〟の広がりは、日本橋や神田などが多い。つまり、大店が沢山ある所です。その裏店から発生したとも考えられますが、大騒ぎしている本所三笠町や深川洲崎沖の日の出島からは、離れ過ぎてますよね」

「確かに……」

「私が実際に歩いて調べてみましたが、三笠町には、他の疾病患者はいますが、此度の疫病に罹っている人はいません。三笠町どころか、本所深川一帯にはおりません。本所廻りの伊藤様たちに、町医者を隈無く当たって貰いました」

「つまり……わざわざ日の出島の黴菌を町中まで運んだとでも」

佐々木が推察すると、錦は違うと首を振って、

「逆ですよ」

「なに、逆……どういうことだ」

「少しは自分の頭で考えて下さい。でも、私は意地悪ではないので、お教えしますね」

「そういうところが意地悪だと思うがな」

「日本橋の町中で起こったことを、日の出島のせいにしたんです」

錦は江戸の絵図面を指しながら、

「初めは『越中屋』の近くから、三人ばかり見つかっているんです、〝江戸桜〟が……でも、これは自然に発生した病気ではなく、『越中屋』が薬で引き起こしたものの、かもしれないんです」

「──おいおい。できるのか、そんなことが……」

「簡単ですよ。病原菌を体に入れればいいんですから、針で突き刺してもいいし、刃物で傷ついたところに、擦りつけてもいい……でも、此度のは違います」

「何が、どう違うのだ」

佐々木が凝視すると、錦はわずかに微笑み返して、

「思い出して下さいな。上総の村々での一件……『越中屋』の薬を村人たちに飲ませて、病人を作り、別の薬で病を治した」

「──とんでもない恐ろしいことをしでかしたものだな」

「以前にも同じようなことがありました」

「ああ、覚えておる。もう十年も前だが、この江戸で起こったことだ」

「はい。私はまだ小娘で、勉学中でした」

「そこを強調するか」

「事もあろうに、時の将軍家の奥医師が、薬種問屋と結託をして、水道に毒をばらまいたことがありますよね」

江戸の水道は、地中を網の目のように巡っている。玉川上水から四谷御門付近に流れてきた水は、木樋によって、江戸中の町々に流れている。

「その溜桝から、水を汲み上げて飲ませるのは簡単です。労せずして、毒を撒くことができるんですからね」

「あ、ああ……」

「飲んだ人々は体に異変をきたしますが、まさか水道の水が原因とは思いません。誰もが疫病だと思うでしょう。でも、町奉行所で調べたときには、すでに水は流されてしまい、毒を放り込んだ証拠も消えている」

原因不明の伝染病が広がったと、江戸の人々は思い込むだけだった。

「ああ、そうだ。その解毒剤とも言える薬を売った薬種問屋は、大儲けをしたな。奥医師と薬種問屋が結託してた。ふたりとも三尺高い所に晒されたがな」

「はい……」

「錦先生は此度もそうだと……『越中屋』が誰か……いや、もっとハッキリ言おう。稲垣弾正と組んで仕掛けたというのだな」

「そうとしか思えない節があります」

「だとしたら、奥医師の篠原慶順も一枚、嚙んでるということか。篠原先生は、隅田川の花火まで中止させたからな。誰もが、そこまで酷いのかと思うだろう」

「その辺を今一度、洗ってみたら如何でしょう。佐々木様の大手柄になりますよ」

「別に俺は手柄のために……ま、いい。錦先生のために、一肌脱ぐぜ」

「私のため……？」

「ああ。先生も気をつけた方がいい。三浦が接触してきたのなら、命を狙われてるかもしれないからな」

「似たようなことを、権兵衛さんにも言われました」

「簑吉が殺されたのなら、三浦の仕業かもしれぬ。いや、他のふたりも、な……定廻りの者をひとり付けておいてやるよ。大事な番所医先生だからよ」

　錦を警固するというのだ。緊張したふたりの間に、年番方与力の井上多聞が、のそのそと近づいてきた。

「随分と仲睦まじいな」

「いや、別に」

佐々木が立ち去ろうとすると、井上が声をかけた。いつもの、のほほんとした顔ではなく、真剣な表情だった。

「おぬしの話が事実なら、佐々木……お奉行の耳にも入れておけ」

ずっと耳をそばだてていたのか、話の詳細まで知っている様子である。

「は。ですが、まだ確たる証が……」

「相手が奥医師だの、旗本だの公儀御用達商人ならば、お奉行の首にも関わることだ。事が大きくなってからでは、まずいからな」

井上の言うとおり、遠山奉行に報せておくのはもっともだと、佐々木は頷いた。

錦はそのやりとりを、緊張した顔で見ていた。

五

疫病が流行ると、病に罹った者は自分の家で床に伏せ、医者や祈禱師を呼んで、早い快復を祈願した。そして、まだ疫病に罹っていない者は人混みを避けて、家に引き籠もったり、良いという噂の治療を受けたり、養生したりした。

町は静まり返ってしまい、盛り場は閑古鳥が鳴き、日銭稼ぎらは翌日からの暮らしができないほど苦しむことになった。

だが、生活が困らぬように、幕府は〝御救〟という制度を利用して、衣食住の最低限は補償していた。『文政年間漫録』などによると、日銭稼ぎには、一日当たり、二百文から三百文程度の給付金を与えた。これは、日銭稼ぎが一日に得る額である。

ちなみに日銭稼ぎとは、大工のような日銭払いのことだけではない。物売りのほとんどは、朝借金して売り物を買い、売れた額から原価を差っ引いて、夕刻に利子とともに金貸しに返済する。その残った金が平均すると、二、三百文というわけだ。

この天保の治世には、江戸には五十数万人の町人がいたが、前回の疫病蔓延のときには、人口の半数に、ほんの数日のうちに〝御救〟を渡し終えている。飢饉などのときも同様で〝囲い米〟なども配る。このような素早い対応ができるのは、町奉行、町年寄、町名主、家主などの堅牢な統制支配による。救済の手順や町役人などの役割が、普段から決められており、その財源も多くは、町々で蓄えられた〝七分積金〟だった。

　此度は、三笠町のみならず、疫病が蔓延する噂が広がっており、あちこちに患者が出ていたため、多くの人が求めたのは薬だった。この機に乗じて、医者や祈禱師は大繁盛だったが、最も稼いだのは、薬屋である。

　ましてや今度は、物凄く効き目がある薬を、大名や旗本は大金を払って手にすることができたと、読売でも大きな騒ぎになっている。特別な武士だけではなく、庶民たちにも分けて欲しいと願っているはずだ。

　そこで〝救世主〟のように登壇したのが、例の『越中屋』の救命丸である。しかも、只で貰えるというから、連日、店の前には人だかりである。それでは埒があかないからと、町名主が、まとめて受け取って、住人に配るという方法を取られていたが、混乱は続いている。

　そんな中――今日も、江戸から〝水船〟が小名木川を通って深川まで届けられてきた。鑑札を受けた水業者が、飲み水を運んできているのだが、毎日、何十艘という船が往来するのを、一々、役人が調べることはめったにない。

　だが、本所廻りや船手番らが手分けして、何か異常がないか調べている。日本橋や神田で少なからず、疫病患者が出たことを受けてのことだった。

中川船番所は、江戸に出入りする荷船の取り締まりをする関所だが、ここを通る〝水船〟も当然、調べていた。

「その船、待て」

番小屋前の堀川端から声をかけたのは、三浦功一郎であった。

「おまえたちは、三笠町の方に行く船だな」

三浦が問いかけると、船頭が恐縮したように頭を下げて、

「はい。さようでございます」

「ならば、水を改める。三笠町にも疫病が広がりそうなのでな、これ以上、増やさぬためだ。桶を見せよ」

「あ、はい。承知いたしました」

船頭は、乗せてある風呂桶のような大きな丸桶の三個の蓋を取った。中には透明な水がなみなみとある。これを町々に届けると、人々が汲みに来る。下の栓を抜くと水圧で水が出てくる。それを水桶に取り込むのだ。

見ただけでは、病原菌が入っているかどうかなど分かるわけがない。だが、三浦

は桶の縁などに触れながら、じっくりと検査をした。まるで理解したかのように、

「通ってよし。おまえたちも気をつけて行けよ。病気をうつされて、江戸に広めては元も子もないからな」

と気遣うように言った。

送り出す〝水船〟を三浦は見守っていたが、その目が微かに鈍く光った。そんな様子を、番所の対岸にある物置小屋の陰から、嵐山が凝視していた。

その暮れ六つ——。

船番所の扉が閉まり、船の往来は止められる。よほどの事がない限り、日没後の出入りは禁止されているのだ。

一仕事を終えて、寝ずの番人だけを残し、役人たちは三々五々、近くにある組屋敷に帰っていくが、与力の三浦だけはしばらく留まって、船荷の記録を確認したり、報告書を書く仕事をする。

「意外と地味なお勤めなんですな。火盗改を担っていた三浦様には辛いでしょう」

そう言いながら、番小屋に入って来たのは、佐々木と嵐山だった。何事かと振り向いた三浦は、忌々しげに見やって、

「誰かと思いきや、北町の嫌われ者か」

と吐き捨てるように言った。

「三浦様ほどではないですよ。あなたのように盗賊たちに怖がられてないですし」

「……何をしにきた」

佐々木は手にしていた徳利を掲げて、

「まあ、一杯……といきたいところですが、まだお勤めの身には厳しいですかな」

と言った。

「無類の酒好きの三浦様ですからな。火盗改を辞めることになったのも、酒が原因だったですからねえ」

「喧嘩を吹っかけに来たのか」

「まさか、逆ですよ。こっちは、北町の同僚に死なれて、お手上げですわ」

「おぬしらしくないな。いや、気弱なふりをしているだけか」

「事件について、三浦様のお知恵を拝借したい……なんぞと思ってやしたが、いずれも片付きました」

佐々木は徳利を嵐山に渡して、「おい注げ」と言ってから、三浦の傍らに座った。

「養生所廻りの鈴木さんと、高積改役の田川さん……俺はいずれも殺しと睨んで探索してたんだが、見立てが間違ってた。それから、簑吉って上総の百姓も、ありゃ流行病だったとか」

「……」

「耳にしてるでしょ。うちの番所医じゃなくて、奥医師の偉い人たちが改めて検屍したところ、それぞれ自殺、事故、病気だと判明したってんでね。俺たちの仕事も終了……さすが、奥医師は『無冤録述』とやらに詳しくて、こちとら反論のしようもない」

変死体が見つかったり、人殺しなどが起こると、町場では町奉行所同心が検屍に当たり、武家地では目付が行った。

その手引きとなるのが、『検使口伝』『検使心得』『検使楷梯』などだが、これらは『無冤録述』を元にしたものだ。河合甚兵衛という医師が中国伝来の書を翻訳したものである。「冤」とは濡れ衣のことで、遺体を充分に調べて冤罪を防ぐ意味合いがあった。

「もっとも、うちの錦先生に言わせれば、『無冤録述』は古すぎて役に立たぬと言ってるが、ま、それはともかく、人殺しと決めつけて、危うく誰かを罪人にしてしまうところだった……といっても、目星があったわけじゃありませんがね」

「さようか……」

三浦は訝しげに佐々木の話を聞いていたが、自分はもう火盗改ではないから、殺しや盗みにも心砕くことはなくなったと言った。佐々木はもっともだと頷いて、

「俺もつくづく、事件探索という勤めに嫌気がさしましてね……一生懸命やっても、なんだかんだと嫌われ、下手人を挙げてもさして誉められもせず、失敗したら非難囂々(ごうごう)……損な役回りだ」

「そうだな。俺も盗賊の下っ端を取り逃がしただけで、お役御免だ」

「同病相憐れむと言ったら語弊はありますが、ご苦労さん代わりに、軽く一杯と思いましてね……おい」

佐々木はまた嵐山に声をかけると、すでに徳利から湯呑みになみなみと注いであるのを、ふたりに手渡した。

「お疲れ様です」

湯呑みを掲げると、佐々木も頷いて湯呑みを口にした。ごくりと飲んで、

「——なんだ。水じゃねえか」

と三浦は腹立たしそうな顔になった。

「ええ。まだお勤め中なもんで……でも、この水は美味しいでしょう。江戸から〝水船〟で運んできて、三笠町に送ったものです」

神妙な顔で佐々木が言うと、三浦は思わず口に残っている水を吐き出した。

「如何なさいました」

「てめえ、ふざけやがって……」

「無理もありませんよね。毒入りの水だから……三浦さんがこっそりと水桶に入れてたのを、こいつが見てたんですよ」

「！……」

「まだ、ハッキリとはしてないが、恐らく上総の村でばらまいたのと同じものじゃないかと、錦先生が調べてるところです。今、あなたが飲んだ水は、それをさらに濃くしたもんだから、てきめんに効くと思いますよ」

三浦は胸を掻き毟る仕草をしながらも、悔し紛れに刀を抜き払って、佐々木に斬りかかろうとした。だが、寸前、横合いから嵐山の張り手が飛んできて、その場にガクッと崩れた。

「安心なさい……それは、綺麗な水ですよ……江戸自慢の水道の水だ」

「えっ……」

「ふざけてんのは、てめえだ」

佐々木は三浦の胸ぐらを摑んで、

「人の命をなんだと思ってやがんだ。人を恐怖に陥れてまで、金を稼ぎたいか。火盗改のとき、酔って寝入って盗っ人に逃げられたんじゃなくて、分け前を貰って逃がしたんだろうがッ」

「……」

「腐った人間は、本当に死ななきゃ、治らないようだな」

佐々木が刀を抜き払って、切っ先を三浦の喉元に向けると、

「や、やめろ……悪いのは俺じゃない……俺はただの使いっ走りだ……本当だ」

必死に命乞いをした。佐々木は切っ先を突きつけたまま、

「だったら、おまえを使った奴のことを、じっくりと聞かせて貰おうか。嫌なら殺す。理由なんざ、どうでもつけられる。どうせ、おまえは悪党とつるんで、一度は

役人を辞めさせられた輩だからな」

と脅すと、三浦は泣き出しそうな顔になってきた。

六

遠山左衛門尉が自ら、南町奉行所に訪ねてきたのは、その翌朝のことだった。

町奉行同士が会うということは、珍しいことではない。南北の町奉行所は役割分担によって、便宜的に分けられているだけであって、支配地が違う訳ではない。たとえば、「月番」というのは繁雑な訴訟の受付を、月交替でしていることであり、担当する問屋なども業種によって南北に振り分けられていた。

だが、この日は、役所ではなく、廊下続きではあるが、奉行の住まいである役宅の方に、遠山は赴いたのである。

「何か火急の問題でもございましたかな」

南町奉行の鳥居耀蔵は丁重に尋ねたが、突然の訪問に苛立っているようでもあった。

「実は、本所三笠町のことでございます」

「ああ……そのことなら、閣議の折か評定所で話すべきことではないかな。あの一帯は風紀が乱れておるゆえ、なんとか新しい町に作り替えた方が宜しかろう」

「そのことではありませぬ」

「では、なんですかな。またぞろ、公儀公認の賭場に反対というのなら、身共よりも老中に掛け合った方が……」

「それも違います」

遠山は毅然と首を振って、神妙な顔つきになった。

「ご存じの通り、三笠町に疫病が蔓延している……との報せがあると思いますが、その理由が判明しました」

「なんと。そうなのか」

「はい。実は、うちの定町廻り同心らが探索したところ、かつて火盗改与力だった者が、わざと〝水船〟に毒を混ぜて、住人の体調が悪くなるように仕組んでおりました」

「――まさか……」

鳥居は信じられないという表情で唸った。

「身共も初めはまさかと思いましたが、三笠町に送られた〝水船〟から採取した水から、かなりの毒薬が見つかりました」

「まさか……」

「毒薬は痺れ薬の類で、鼠獲りに使われる石見銀山も混じっております。うちの番所医・八田錦はもとより、小石川医師の松本璋庵も検分しました。これは、上総の村々に薬だと称して、ばらまかれた丸薬も同じ成分でした」

縷々と説明をする遠山の顔を、鳥居は凝視していたが、それでもまだ疑っているような目つきであった。

「ふむ……で、遠山殿……さよう悪辣なことをした元火盗改与力者とは誰なのだ」

「三浦功一郎という者ですが、こやつはすべてを白状しました。こいつに毒を撒けと命じていたのは、なんと……中川船番所支配役の旗本、稲垣弾正です。稲垣は無役になり、無聊をかこっていた三浦を雇ったそうです」

「稲垣が、まさか……」

「先程から、まさかの連続ですが、鳥居殿は本当にご存じなかったのですよね」

遠山の言い草に、気品溢れる鳥居の顔が醜く歪んだ。めったに人に見せない表情ゆえ、遠山も戸惑ったほどだった。

「知っているわけが、なかろう。何故、さようなことを申すッ」

「これは失礼をば致しました。此度の事件は底が深いというか、裏が見えないものでして、つい……事実、老中・若年寄のお歴々ですら、日本橋や神田、そして深川などで広がっている疫病を、疱瘡、麻疹、痢病など激しい流行病と判断し、大名や旗本の上様へのご機嫌伺いを取りやめ、町人たちの〝疫神送り〟を厳しく取り締まっております」

〝疫神送り〟とは、疫病神に見立てた藁人形を掲げて、鉦や太鼓を鳴らしながら海辺まで練り歩くことである。さらには火を付けて送り火のように流すこともあった。これが火事の元になるため、幕府は禁止していたのだ。だが、人々は疫病を恐れて、いくら禁止しても止める気配はなかった。

「町奉行所でも取り締まっておりますが、さような〝疫神送り〟などせずとも、何より安心するのは治す薬、あるいは罹らぬ薬があることです」

「さよう。それ故、『越中屋』の薬が効くからと、町人たちにも配られているが」

鳥居も『越中屋』から直に分け与えられたので、服薬したという。

「その薬が、なんとも怪しいのです」

「えっ……ど、どういうことだ」

「これまた番所医と養生所医に調べさせたところ、麻黄の粉末であろうとのこと。汗を出し、邪熱の気を去り、咳逆上気を止む……漢方薬ですから、毒ではありませぬ」

「――そうなのか……」

安堵したように胸を撫で下ろす鳥居に、遠山は冷静に続けた。

「『神農本草経』という薬草を網羅した書物によると、上薬は君主、すなわち命を養う養命薬。中薬は家臣、すなわち体力を作る養性薬。そして、下薬は召使い、つまり治療薬。治療薬は毒だから、長い間、使ってはならないとあります」

「……」

「はは。松本璋庵先生の受け売りですがね……麻黄は上薬。だから、飲んでも害になるどころか、体に宜しい。ですが、何のために、そんなことをしたのか」

遠山が自問すると、鳥居は当然のように、

「それが効くからであろう。今、熱や咳を止めると言うたではないか」

と言った。が、遠山は苦笑して、

「ですが、稲垣が自分の領地である村々や、江戸の一部に毒を撒きましたが、その薬は『越中屋』が調達したものです」

「そうなのか……」

「はい。そして、救命丸なる予防養命薬を、只で江戸町人に配っているのも『越中屋』なのです。これを、どう思いますか」

「……疫病騒動は、自作自演、つまり狂言だったというのか」

「そのとおりです」

「何のために」

「楽に儲けるためです」

遠山が断じると、鳥居は首を振りながら、それは無理筋だと言った。

「いいえ。簡単なことです。疫病が広がるという不安を煽って、薬を飲ませる。それだけのことです」

「……」

「ですが、高い薬代を払うとなれば、庶民には到底、無理。ましてや薬がないとなれば、混乱するのは必至……ですが、稲垣と『越中屋』はうまいことを考えた」

「何だ……」

「分かりませぬか」

問いかける遠山に、苛立ったように鳥居は言った。

「勿体つけずに申してくれ。これが金儲けのための狂言だとすれば、断固、処罰せねばなるまい」

「処罰するといっても、どの御定法によって裁くおつもりですかな。むろん、偽薬ならば獄門ですが、『越中屋』が配っているのは、ちゃんとした養命薬です」

「〝水船〟に、石見銀山のような毒を入れたと言うたではないか」

「それは、三浦が勝手にやったことだと、稲垣や『越中屋』が言い張れば、証はありませぬ。自分たちは本当に流行病だと思って、偽薬を只で配ったと言うでしょうな」

「ふむ……」

腕組みで唸る鳥居に、遠山は今一度、訊いた。

「先程の話ですが、何故、只で配ることができるのでしょうか」

「それは……」

言いかけて、鳥居はアッとなった。同時に遠山も微笑を浮かべて頷いた。

「どうやら、鳥居殿も担がれていたようですな。此度の疫病のために、〝七分積金〟を使うことを許可するのは、他でもない町奉行です。そして、担当は南町奉行の鳥居殿」

「いや、しかし……」

「はい。もし、身共が担当でも同じことをしておりました。〝七分積金〟を管理する町会所は、勘定奉行と町奉行両方の支配下ではありますが、金を出せと命じるのは勘定奉行です。前職が勘定奉行であったのに、身共としたことが、迂闊でした」

「つまり、勘定奉行の土岐丹波守も関わっているとでも！」

鳥居が腰を浮かしそうになるのへ、遠山は落ち着くように制し、

「そこまでは言いません。しかし、まったく知らぬはずはない。なぜならば、『越中屋』の薬の買い上げを命じたのは、土岐丹波守当人だったからです」

「……」

「ご存じのとおり、〝七分積金〟は常に十万両余りが蓄財されており、その運用は勘定方に委ねております」

平時は、勘定所御用達の商人が、低金利で商人らに貸し付けて、それを少しでも増やして、緊急時に備えていたのである。その救済金を、庶民に渡す薬代として、『越中屋』に直に渡していたのだ。

「これも別に罪ではござらぬ。米問屋に命じて、御救米を渡すときでも、同じようなやり方で実行していることとです」

「……」

「つまり、先程、鳥居殿が言った狂言が罪になるかどうか……ですが、すでに薬代として『越中屋』だけに三万両もの金が支払われているのは、如何にも……でござろう」

懸命に説諭するかのように、遠山は続けた。

「この『越中屋』の狂言に気付いたのが、身共の部下である養生所廻りの鈴木、そして、鈴木の死の異変に気付いた高積改の田川……このふたりを自害や事故に見せかけて殺したのは、三浦だ……」

「本人が吐いたのだな」

「さよう。むろん手下に使った者もいるが、これも、稲垣に命じられたことに違いないが、必ずや知らぬ存ぜぬを通すであろう。そもそも、稲垣を町奉行所では裁けませぬ。そこで……」

遠山は膝を崩して、鳥居に少し近づき、声を潜めて、

「こちらも、狂言を一差し舞いませぬか」

と言いながら、鼻先を指でカリカリと掻く仕草をした。

「——どういうことだ」

「今月の訴訟の月番は、南の鳥居殿です。だから、北町与力らの事件だからといって、身共が下手人を引っ張ってきて裁いたのでは、それこそ自作自演と言われかねない」

「南町で事件を裁けと……」

「証拠や証人はすべて北町で用意して、差し出します。後は、お白洲で鳥居殿がご随意に判断し、裁決すればよいかと」

「……」

「細工は流々、仕上げを御覧じろってことになりゃ、いいんですがね」

〝人たらし〟の笑みを浮かべる遠山に、思わず頷いた鳥居だが、その本心が何処にあるかを探っている目つきだった。

七

薬種問屋『越中屋』の店先は、相変わらず長蛇の列だった。

町名主たちによって配付されると言われても、それは数が決まっている。金を払ってでも、もっと欲しいという人たちが押しかけてきているのである。

その人々の前に、颯爽と歩いてきた錦が手を掲げながら、

「体には悪い薬ではないですけれど、流行病には何も効きませんよ」

と大きな声で言った。

「ましてや、お金を払って買うものではないです。勿体ないですから、やめなさい。それこそ、本当に疱瘡などが流行ったときのために、お金を置いておいた方がよいですよ」

「なんだ、あんた」

並んでいる職人風が険悪な目を向けた。

「北町奉行所の番所医、八田錦というものです。『越中屋』があなた方に配っているものは、麻黄という喘息の治療薬です。気管支や血の道の通りを良くするもので、炎や咳止めにも使われますが、決して病原菌を殺すものではありません。元々は覚醒剤なので、どんな薬でも飲み過ぎると却って体を悪くしますよ」

人々の前で講釈している錦に、番頭の儀兵衛が近づいてきて、

「出鱈目を言うのは大概にしなさい。医者か何か知らないが、困っている人たちを困らせて、何が楽しいのですか」

と責め立てるように言った。

「番頭の儀兵衛さんですね。上総の村々に、〝中川番〟の稲垣様の御領地の村々に配ったという毒薬を見せて下さい。石見銀山を混ぜ込んだ黒い丸薬を」

「な、何を言い出すんだ」

「この『越中屋』は、日本橋や神田の裏店、そして、本所三笠町の水道の水に、石見銀山や黴の一種を、密かに混ぜ込んで人々に飲ませ、まるで疫病が流行ったかの

ように見せかけたのです」

それでも並んでいる人々は、錦の方を頭がおかしな女だと思って、非難の目を浴びせていた。儀兵衛はその雰囲気を察してか、

「かような世相になると、変な人間も出てくるものです。皆さん、決して流言飛語に惑わされないように気をつけて下さい」

「では、此度の流行病の原因は何で、配っている薬は何で、どのような効き目があるのか、はっきりとおっしゃって下さいますか」

「——それは……」

「小石川養生医師の松本璋庵先生も、流行病とは関わりのない薬だと断言してます。あなた方は、流行病だと思い込まされ、この薬で助かると騙されているのです」

「いい加減なことを言いなさんな」

儀兵衛が感情を露わにすると、錦も強い口調で、

「三浦功一郎さんが、すべて白状したんですよ。北町の詮議所でね」

と言った。

すると、あっという間に、儀兵衛の顔から血の気が引いた。

「もちろん、あなたの名前も出てますし、『越中屋』の主人、仙右衛門さんがすべて命じたということも話してますよ」

さすがに狼狽した儀兵衛の姿を見て、並んでいる人々の中にも不信感を抱き、本当のことを話せと詰め寄ってくる者もいた。もし、刺激すると、行列の人々が暴徒に変わらぬとも限らない。

儀兵衛は危険を感じたのか、後退りして店の中に逃げ込んだ。町人の男たちが数人、追いかけるように店に入り、

「どういうことだ。あの女医者が言っていることは、本当なのか」

と怒鳴った。

手代たちは事情を知らぬから、怯えて見守っていたが、主人が出て来ることはなかった。その態度にあっという間に、人々の声が大きくなってきた。

「ちゃんと説明しろ！」「騙してたのか！」「払った金を返せ！」

などと今にも乱暴を働きそうな者もいた。その中には、いつぞや錦が見かけた遊び人の銀次の姿もあった。

「仙右衛門、出てきやがれ！　偽薬を飲ますなんざ、どうでも許せねえ！　俺がぶ

っ殺してやるから、出てこいってんだ！」

興奮したら止まらない気質なのか、店の薬棚などを乱暴に蹴散らし、止めようとした儀兵衛の顔面に思い切り拳骨を食らわした。さらに、大声で罵声を浴びせていると、歩いて近づいてきて制したのは、佐々木と嵐山だった。

嵐山は銀次の襟首を摑んで、ひょいと表通りに放り投げた。

「よせよせ。それ以上やると、相手が悪くても狼藉の罪に問われるぞ。おまえたちも、そうだ。ここは俺たちに任せろ」

佐々木は薬を求める客から野次馬と化した人々にも、余計な手出しはするなと言い、

「おい。仙右衛門！　北町奉行所定町廻りの佐々木康之助だ。聞きたいことがあるから、番屋まで来やがれ」

と威嚇した。

だが、なかなか仙右衛門は姿を現さなかった。すると、銀次はもう一発、儀兵衛を殴り飛ばしてから、

「てめえらのこと、俺が洗いざらい喋ってやるから、覚悟しやがれ」

と怒鳴った。その銀次を嵐山は羽交い締めにしたが、どうも様子がおかしい。

錦は首を傾げながら、成り行きを見守っていた。


その日のうちに、仙右衛門は南町奉行所のお白洲に呼び出された。

北町同心が来たので、大番屋にて吟味方与力から尋問をされて後、てっきり北町奉行所に連行されると思っていた。が、南町奉行所の鳥居耀蔵の姿を見たとき、仙右衛門は困惑していた。

壇上の鳥居は、お白洲の慣わしに従って名乗ってから、

「これより、灰神楽の銀次なる遊び人が、薬種問屋『越中屋』の番頭・儀兵衛に暴行を働いた件につき、吟味致す。嘘偽りを申した者には、偽証の罪が重なるゆえ、さよう心得よ。一同、面を上げい」

と威儀を正して言った。

お白洲には、仙右衛門と儀兵衛が並んでおり、少し離れて銀次が座っていた。奉行の他に数名いる書物同心や蹲い同心の姿は、物静かだが〝法廷〟らしい緊張を醸し出していた。

「さて、儀兵衛……おまえは、そこな銀次なる者に殴られたとあるが、相違ないか」

　鳥居が訊くと、儀兵衛は間違いないと頷いた。

「銀次、相違ないか」

「へえ。その通りです。ですが、お奉行様、こいつら、とんでもねえ奴らで……」

「訊かれたことにだけ答えよ」

　睨みつけて鳥居が言うと、銀次は仕方がなさそうに首を竦めた。

「何故、殴ったのだ」

「流行病が起こったなどと嘘をつき江戸町人を恐怖のどん底に陥れた上で、偽薬をばらまいて儲けまくったからです」

「その話は、読売もすでに面白可笑しく書いておるようだが、確たる証があるのか」

「へえ、あります」

「申してみよ」

「あっしが、そこにいるふたりに命じられて、日本橋や神田の三軒ばかりの長屋の水桶、それから〝水船〟に石見銀山や黴を混ぜ込んで、本所三笠町の人たちが飲むよう仕向けたんです」

「なんと……まことか」

鳥居は驚いたように、縞模様の着物で、うっ屈したような顰め面の銀次を見た。神妙な態度だが、伝法な口調や落ち着きのなさそうな仕草は、遊び人そのものだった。

「本当のことです。だから、こいつらを締め上げてやって下せえ」

銀次がふたりに鋭い視線を送ると、儀兵衛は睨み返して、

「お奉行様。私はこんな奴は知りません」

とハッキリと断言した。

「仙右衛門、おまえはどうだ」

すぐに訊いた鳥居に、仙右衛門も首を振りながら、

「初めて見た顔です」

と答えた。

「冗談じゃねえや。俺はこいつらに、三浦様と一緒に柳橋の料亭なんかに呼ばれて、

丸薬やら何やら、ばらまけと半ば脅されたんです。でねえと昔の悪さをバラすって。だから、俺は仕方なく、やったんだ。そりゃ、金も貰いやしたがね……まさか、こんなカラクリがあったとは思いやせんでした」

「銀次はこう申しておるぞ、仙右衛門」

「知りません」

「では、今、名前が出た三浦というのも知らぬのか」

「知りませぬ」

「では、銀次は出鱈目を言うておるのだな」

「そうです。一体、何の話をしているのかすら、私にも分かりません」

仙右衛門はキッパリと言った。すると銀次は前のめりになって、

「冗談じゃねえや。お奉行様、三浦ってのは、中川船番所をしてるお旗本、稲垣弾正様のご家来、三浦功一郎って人でさ」

元は火盗改で、すでに北町奉行所に捕らえられて、色々なことを白状したことは、鳥居も承知している。

「俺は、その三浦様の手下みてえなもんで、『越中屋』の謀に気付いた北町与力

の鈴木馬之亮様を手にかけたのは、三浦様とあっしです」

「なんと……まことか」

鳥居も驚いた顔で一同を見廻した。

「何もかもぜんぶ話しますよ。こいつらのしたことを」

銀次は怒りの目を向けたが、仙右衛門も儀兵衛も知らん顔をしている。それどころか、余裕の笑みすら浮かべていた。自分たちにはまったく与り知らぬことだという表情だった。

「銀次とやら。すべて話すってことは、おまえも死罪だぞ」

一層、険しい口調になった鳥居を、俯き加減だった銀次は、覚悟を決めたように睨み上げた。壇上の鳥居はかなり離れているとはいえ、威圧感すら抱いた。

八

「覚悟の上でさ。こいつら、何の罪もねえ、ただ真面目に働いてる人たちを、儲けの道具に使ったんだからよ。万死に値すらあ」

捨て鉢のように言った銀次だが、話はかなり具体性を帯びていた。

「鈴木様は、永代橋の上から落としたんじゃありやせん。予め橋番所裏の小屋で、仙右衛門から貰った眠り薬を飲ませて、その上で材木や石などで頭や首、体を打ちつけやした。そして船で運んで、永代橋の下に棄て置いたんです。飛び降りたようにね」

「なんと……」

「永代橋の上では、三浦様が鈴木様のふりをして、うろうろしてやした。後で、漁師たちから、飛び降りらしいとの証言を得るためです。まだ薄暗かったので、顔なんざ見えやしませんしね」

銀次は悪びれる様子もなく、流暢に話した。

「田川様は、高積改だから事故に見せかけて殺せと、仙右衛門に命じられました。鈴木様が調べていたことを、田川様も知ったからです。だから、あっしは『越中屋』の前では、ばれると思い、別の店、廻船問屋『西海屋』の荷を調べていたところを狙って、田川様に重い荷を落としました……それが、上手くいったんです。だよな、儀兵衛。いつも、あんたも一緒だった」

儀兵衛は素知らぬ顔だが、体は微妙に震えていた。

「てか……手を下したのは、いつもあんたでしたよねえ、儀兵衛」

銀次が意味深長な言い草になると、

「人を殺しておいて、上手くいったとは、なんたることをッ」

と鳥居は叱責した。銀次は首を竦めて、申し訳なさそうに俯いた。

「ですがね、お奉行様。儀兵衛だって、いずれも、その仙右衛門に命じられてやったことです。〝日の出島〟で見つかった上総から来た簑吉に、毒を飲ませて殺したのも、仙右衛門の命令なら、船番所に捕らえられた惣庄屋の弥之助さんを殺せと命じたのも、仙右衛門です」

仙右衛門は他人事のように聞いている。

「でもね、あっしはさすがに胸が痛みやした……弥之助さんから、村々の話を聞いてるうちに、とんでもねえことに加担したと思いやして、こっそりと逃がしたんです……ですが、船番所の役人というか、稲垣様の家来に見つかって、あっしまで殺されそうになりやした」

「……」

「丁度、そのとき、北町の佐々木様たちが駆けつけてくれたんで、へえ」

その後の弥之助の話、捕らえられた三浦の話などは、鳥居も遠山から聞いており、証拠としての書面も残されている。銀次の話が、まったくの作り話とは思えなかった。

鳥居は蹲い同心に命じて、証人控え室から、ある人物を呼びつけた。それは、八田錦であった。指示された所に座りながら、錦はチラリと銀次を見やった。

「番所医の八田錦であるな」

声をかけてきた鳥居に、錦は神妙な顔で頷いた。

「そこな銀次の話を聞いておったな」

「はい……」

「鈴木や田川を検屍したそこもとの見立てと、銀次の証言は一致するように思えるが、どうだ?」

「はい。その者の言ったとおりの殺され方です」

断言した錦に頷いてから、鳥居は仙右衛門たちに向き直り、

「さあ、仙右衛門、儀兵衛……異論があるならば、申してみよ」

「はい。すべて出鱈目でございます」

仙右衛門は言い張った。

「ならば、どこが、どう出鱈目だというのだ」

「ですから、すべてです……そもそも、そこにいる銀次など知りませぬ」

「だが、北町で取り調べた三浦の話とも、ほとんど一致しておるが」

「三浦……という人の話も怪しいものです。風聞では、そこの銀次は刺青をしているような遊び人らしいですし、三浦というお侍とつるんで、人殺しをしていたのでしょう」

「何のためにだ」

「さあ。自分たちがやらかした悪事を知られたからではないですか」

「では、仙右衛門、おまえたちは、まったく身に覚えがないというのだな」

「ありません。天地神明に誓って」

堂々と言いのけた仙右衛門に、儀兵衛も同調した。鳥居は三人の顔を見比べていたが、深い溜息をついてから、

「相分かった。仙右衛門、儀兵衛。おまえたちが殺したという確たる証拠、さらに

は毒をばらまいて騒動を起こしたという証も明瞭でない上は、これ以上、留めておくわけにはいかぬ。無罪放免に処するゆえ、立ち去るがよい」

と言った。

錦は思わず「エッ」と声を上げて鳥居を見上げた。

ほとんど同時に銀次は腰を浮かせて、食らいつくように、

「それはないでしょ、鳥居様」

「お白洲は、これまで」

鳥居は無視して立ち上がるや、奥襖に向かって歩き出した。その背に向かって、

「いいんですかい、お奉行様。こいつらを無罪放免にすりゃ、あなたまでもが組んでいたと評定所で疑われますぜ」

と言った。その銀次の態度の変化にも、錦は驚いて振り向いた。

「――なんだと」

険しい顔で立ち止まった鳥居は、銀次に対して強い口調で言った。

「恐れ多くも、お白洲を汚す気か」

「お言葉ですがね、北町奉行所で佐々木様が調べたこと、すべて無にするんですか

い」

「銀次とやら、おまえのことも調べておる。その佐々木の手先として、うろちょろしているようだが……それを裏切って、殺しを請け負うような輩の証言なんぞ信じられぬ」

鳥居は立ったまま言ってのけると、銀次は睨み上げて、

「ですが、稲垣弾正様は、三浦の捕縛、そして、仙右衛門らの吟味を受けて、先程、責任を取って自宅にて切腹しておりますが」

「なんと……なぜ、おまえが、そんなことを……」

知っておるのだという顔になった鳥居に、銀次はスッと背筋を伸ばして、「この顔をよく見ろ」とばかりに、自分の鼻先を指でカリカリと掻いた。

「あっ……?!」

鳥居は声を洩らしたが、それ以上は何も言わず、元の壇上に戻って座り直した。

——狂言とはこのことだったのか……。

そう思いながら、鳥居は蹲い同心に向かって、

「そこな銀次を引ったてい！」

と命じた。

銀次は素直に、お白洲から出ていったが、鳥居が仙右衛門と儀兵衛に、

「無罪放免を取り消す。改めて詮議をし直すゆえ、しばらく奉行所の牢部屋に留める。さよう心得よ」

と命じる声が聞こえていた。

――一体、何が起こったのか……。

錦は狐につままれたように、鳥居の顔を見つめていた。

遠山が年番方与力の詰所に姿を現したのは、その数日後のことだった。

此度の『越中屋』が〝江戸桜〟という流行病を仕立てて、薬を只で分け与え、それを七分積金を利用して儲けようとした画策は、すべて明らかになっていた。仙右衛門と儀兵衛は、打首獄門になり、鈴ヶ森に晒された上、店は闕所となった。

「あ、ああ……これは、お奉行……何かございましたか」

井上多聞が狼狽したように、立ち上がって出迎えた。奉行が直々に与力詰所に来ることは滅多になく、自分の用部屋に呼びつけられるのが当たり前だった。ゆえに、

井上は何か火急の用か、落ち度があったかと案じたのである。

「構わぬ。そのまま仕事をしておれ」

声をかけながら、遠山は廊下を経て、隣接する診療部屋の方へ行った。その後をついて行きながら、井上は話しかけた。

「いやまったく、此度の一件は、北町が全力を挙げて明らかにしたものなのに、月番が南ということで、すべて鳥居様のお手柄にされてしまいましたな、お奉行」

「手柄など、どっちでもよい」

「でも、奉行所内の噂ですが……此度のことには、鳥居様も〝七分積金〟による『越中屋』への支払いについては、勘定方と示し合わせた上で、認めたとか」

井上はひそひそと言ったが、遠山は淡々とした顔で、

「それも含めて、忸怩たる思いで、裁決したのであろう」

「ですが、事件の真相を暴こうとして命を落としたのは、北町の……」

「分かっておる。手厚く供養し、二度と犠牲を出さぬようにするのが、俺たちの務めではないか。そのためには……日頃から、達者でなければならぬ。身も心もな」

「あ、はい……」

「それゆえ、俺もきちんと診て貰っておこうと思うてな」

遠山が診療部屋に入ると、錦も驚いたように見ていた。もちろん、番所医として雇われたときに、顔合わせはしているが、めったに診療部屋には来ないし、呼ばれたこともない。こんな顔や姿だったのだと改めて、堅固そうな偉丈夫を見上げた。

人払いをした遠山は、錦の前に座り、

「どこも悪いところはないつもりだが、気をつけておかねばと思うてな」

と声をかけた。

錦は他の与力や同心にするように、視診、問診、触診などをしながら、立たせたり座ったりさせて体の均衡なども診た。

「至って壮健でございます。でも、町奉行は激務。これまで十六人のお奉行が在職中に亡くなり、そのうち六人は三年以内に突然死しております」

「そうなのか……」

「はい。それに、お奉行は少しばかり、腰の捻れが窮屈ですね……これは、かなり気質（きしつ）の悪いことです」

「気質……」

「腰には五つの骨がありまして、その三番目が捻れていると、〝喧嘩腰〟といって、性根も捻れてる人が多いのです」

「いやはや。はっきり物申す女だな」

「男や女は関係ありません。それに、この腰の人は、人様の言うことも素直に聞かないのが多いので、心しておいて下さい」

「人の言うことを、な……」

「ええ。特に人の上に立つ人は、聞く耳を持たないと、部下はろくに働きません。北町の方々は、真面目に一生懸命、お勤めしておりますが、お奉行もお気をつけて下さい」

「そう心得ておく。此度は、錦先生のお陰で、事件解決と相成った。『越中屋』に自ら乗り込んで、啖呵を切ったことも、大いに役立ったようだ。改めて礼を言う」

「とんでもないことです。阿漕な輩は許せないだけです」

「そこも男勝りだ……ところでな」

遠山は錦に近づきながら、腕を差し出して袖を少しだけ捲って、

「これは、〝江戸桜〟かな」

と桜が散っている刺青の一部を見せた。

錦はそれを見た瞬間、弥之助を助けた夜の銀次のことを思い出し、胸を揉まれたことが蘇った。さらに、南町のお白洲で証言をしていた真剣な銀次の顔も浮かんだ。

次の瞬間、錦は手を挙げた。

とっさに、遠山は腕で防ごうとしたが、

——バシッ。

と錦は自分の両手を叩いた。そして、掌を開いて見せた。

「蚊です……もう藪蚊が飛ぶ時節になってるんですね……こんな小さな虫でも、黴菌を運びますから、気をつけて下さいまし」

微笑みながら、ちり紙で手を拭く錦を、遠山は唖然と、いや頼もしそうに見ていた。

「お奉行様……私はこの立派な〝江戸桜〟を見なかったことにします。でも、もし今度、妙な真似をしたら！」

とまた手を挙げると、遠山は素早く立ち上がって、

「なんでもなければ、いいんだ。いや、壮健が一番、今日も元気だ」

逃げるように廊下を立ち去った。

錦はアハハと声を出して笑いながら、ふと縁側の外に見える空を見上げた。

丁度、ドドンと空砲が鳴って、もこもこと煙が広がった。今宵は隅田川の花火が打ち上げられるのだろう。

疫病が本当でなくてよかったと改めて思いながら、もし次に広がったとき、町方与力や同心が人々のために思う存分、働けるように薬を作っておこうと決めた。その錦の心の中にも、大きな花火が広がっていた。

第三話　母恋い草

一

江戸で屈指の材木問屋『辰巳屋』の寮では、今日も宴会が行われていた。寮とは商家の別邸のことで、根津神社近くにはけっこう並んでいた。そのお陰で、根津権現は寄付が多く、年中、美しい草花で彩られていた。

ここ『辰巳屋』の寮の裏手からは、丁度、根津権現の境内を見下ろすことができる。季節外れの水芭蕉が咲いており、色灯籠の明かりを浴びて、何とも妙な色合いが広がっていた。

「ふわあ。こりゃ、美味(うめ)え。なんて食い物なんで？」

恰幅の良い大工の棟梁・源五郎(げんごろう)が、椀に入った食べ物を、美味そうにガッツリとかき込んでいた。その前に座っている『辰巳屋』の主人・清左衛門(せいざえもん)が上品な笑みを

浮かべ、

「棟梁……そんな食べ方するものじゃありませんよ」

「だって、美味いんだもんなあ」

「これは、ザクと言って、河豚の皮や身を細かく刻んだのを、サッと湯がいて、色んな薬味、それから肝を一緒に混ぜ込んだものですよ。酒のあてにピッタリでしょ」

「ああ。めちゃくちゃ美味え……」

と源五郎は言ってから、

「今、なんてった。肝って言ったなあ。おい、もしかして、これ……」

「大丈夫ですよ。河豚の肝じゃありません。それは実はカワハギの肝でね、元々は周防の漁師飯で、料理屋では賄いにしたりしてたそうですよ。伊予の方でも名物だとか」

「そうかい。たしかに、こりゃ美味い」

「これに湯豆腐を入れたりすると、これまた、なかなかいけるのですよ。おい……」

清左衛門が下女に声をかけると、すぐに鍋に入った湯豆腐を運んできて、居並ぶ客人たちに二かけずつ入れていった。

「熱い時節にまた合うんですよ。冬場の河豚鍋も宜しいですが、夏にはこういう食べ方も結構でございましょ。ささ、棟梁、酒の方もぐぐいとやって下さい」

既にほろ酔いの源五郎は、清左衛門から杯を受けながら、斜め前に座っている若い町方同心にも勧めろと言った。ふたりの息子ほどの年であろうか。

「さあさあ、小笠原（おがさわら）様。あなた様にも、これから益々、お力添えを願わねばなりませんからな。さあ、どうぞ」

小笠原と呼ばれた若い町方同心は、名を菊馬（きくま）といって、定橋掛り（じょうはし）である。幕府が敷設した橋梁に関する保有や修繕を掌る（つかさど）役職で、与力ふたりに同心が六名いた。菊馬はまだ拝命して一年足らずだが、人当たりが良く、頭も切れるので、材木問屋や大工棟梁らに好かれていた。

もっとも、定橋掛りは、江戸に架かる大小、百三十程の橋の管理をしており、修繕の見立てなどをするのが仕事だ。ゆえに、材木問屋にしてみれば、業者として指名されたいがために接待をかけている。

とはいえ、町方の定橋掛り同心程度の下っ端役人が決められる類のものではない。事業者も木材搬入業者も、入札によって決まり、それに従って公役金（くやくきん）から支払われることになる。

にも拘わらず、菊馬が大切にされているのは、徳川御三卿・一橋（ひとつばし）家の家老・大久保（おおくぼ）忠恒（ただつね）の息女・清美（きよみ）との婚姻が噂されているからである。

大久保忠恒は、代々、相模国小田原藩主の家系であり、将軍の側近ともいえる御小納戸頭取を務めてから、一橋家の家老となった人物である。同じ大久保家の家系だが、かの〝天下のご意見番〟と呼ばれた彦左衛門（ひこざえもん）の玄孫とは同名だが別人である。

一橋家といえば、十一代家斉と十二代将軍家慶（いえよし）を輩出している。また、徳川御三家筆頭の尾張家十二代目当主・徳川斉荘（なりたか）も、一橋家斉の子だが、田安（たやす）の養子になってから、その地位についている。つまりは、一橋の門閥によって、〝現政権〟は固められていることになる。

その筆頭家老の娘が、たかが一介の町方同心にすぎぬ菊馬と恋に落ちたのは、一年程前のことである。芝居見物に出ていた清姫が、供の者たち共々、暴漢に襲われそうになったとき、果敢にも菊馬が立ち向かい、怪我をしながらも追っ払ったからである。

かなりの深傷だったが、献身的な清姫の看病で、一命を取り留めた。それゆえ、今でも左腕はあまり自由に動かせないが、子供の頃より学問所で刻苦勉励した成果もあって、町奉行所の文官としては仕事をこなせている。

身分の違いはあれど、大久保忠恒も菊馬の誠実さと人柄を認め、清姫の気持ちを大切にしたいと考えていた。北町奉行の遠山左衛門尉と大久保家も少なからず縁がある。ゆえに、遠山を後見人として、いずれどこぞの旗本に養子縁組をして後、娘と菊馬が一緒になるのを認めるつもりであった。

つまり、そんじょそこらの同心とは訳が違うのであった。しかも、遠山の信頼も厚く、地味な仕事だが、江戸町人たちの暮らしと直結する定橋掛りという重責を担わせていたのである。

「ねえ、小笠原様あっての私どもでございます。今後ともよしなにお願い致します」

清左衛門は菊馬に酒を注ぎながら、

「こんなことを言っては叱られそうですが、実はうちの娘、おみなも小笠原様のことを好いているようで、側室でいいからして欲しい、なんぞと言っております」

「いや、それは……」

「気を悪くしないで下さいませ。それほどの男伊達ということです。うちの娘に限らず、小笠原様のことを、まるで歌舞伎役者のように憧れている町娘は多ございますよ」

たしかに、なかなかの美男子で、一橋家のお姫様が一目惚れしたのも分かる。

――色男金と力はなかりけり。

というのが通り相場だが、小笠原菊馬に限っては、本人の生まれ持った不幸を除けば、少しずつだが金も力もつけてきているのではなかろうか。

貧しい生い立ちを隠したことはない。むしろ、菊馬は事あるごとに、如何に悲惨な暮らしぶりだったかを人に聞かせて、日頃の努力の積み重ねが実を結ぶと説いていた。そして、一番、幸せであるためには、

――人と比べず、自分がやるべきことを知っている。

ことに尽きると話していた。それに加えて、心底、惚れた人と一緒にいることだと、奉行所内でも話していた。

「なるほど……好きな務めと惚れた女がいて、愚直に頑張っていれば、道は開ける……それは、北町のお奉行様も話していたような気がします。さあさあ、もう一杯」

清左衛門が菊馬に酒を勧めたときである。源五郎の体が突然、痙攣したようになってから硬直し、泡を吹きながら後ろに倒れた。ほんの一瞬のことで、ふざけているとしか思えなかった。源五郎は若い衆を吃驚させるため、酒席でよくやるからだ。

しかし、背後の壁で頭をもろに打って、そのまま卒倒した。

「棟梁！　どうしたのです」

咄嗟に駆け寄ろうとした菊馬も、突然、ウッと嗚咽するように崩れ、食台を倒す勢いで倒れ込んでしまった。

「と、棟梁……小笠原様……しっかりして下さい……なんだ、どうしたんだ」

狼狽しながら清左衛門はふたりを揺すったが、気を失ったままだ。他の者たちも驚いて、すぐに医者を呼びに走った。

翌朝の北町奉行所は、蜂の巣を突っついたような大騒ぎだった。

定橋掛り同心と大工棟梁が、河豚の毒に当たって死んだという話が広がっていたからである。だが、その話は間違いで、菊馬の方はかろうじて生きており、死んだのは棟梁の源五郎だけだった。

「棟梁は可哀想にな。ガキが五人もいるらしいのによ」

「大変なことだ。これで色んな公儀普請は遅れるな」

「小笠原菊馬もまだ意識が戻っていないらしいぞ」

「あんな奴でも、こんなことで死ぬのは可哀想だな、まだ若いからな」

「だがよ、『辰巳屋』の饗応に合ってたとは、役人としての矜持はどうなんだ」

「小笠原には修繕指示の権限があるからな」

「奴は近頃、ちといい気に成り過ぎてる。いずれ〝一橋様〟になるご身分だからな」

などと心配よりも、やっかみ半分の声ばかりである。

それは、やむを得まい。同心とはいえ、定橋掛りは、江戸中に架かる橋梁に関する専門家である。現場を見て歩いた意見を元に、普請規模を決定したり、入札に参加する業者を選定する役目があるからだ。

しかも、源五郎は大工の棟梁といっても、ただの大工ではない。大工頭という役職で旗本から直に支配されており、江戸中の大工の大元締めといっても過言ではない。それほどのふたりが同時に、命に関わる事態になったのだから、大騒ぎになるのも無理はない。

幕府の建設事業は、天領における事業と大名に命じる課役がある。課役は大名の財力を削るためであり、〝御手普請〟と称して、江戸城の修築など大がかりな事業を命じた。

町奉行だけではなく、勘定奉行、作事奉行、普請奉行、小普請奉行などが、それぞれの管轄で事業を行った。普請とは石垣づくりや架橋など〝土木工事〟のことだ。作事とは〝建築工事〟、小普請とは建物の改築や修繕をすることだった。

江戸市中の公費で行う橋梁の普請は、町奉行が担当。広域にわたる河川の橋梁普請は勘定奉行が担当し、配下の郡代や代官が天領の普請を行った。諸大名に課役を命ずるのは、幕府の〝人事担当〟ともいえる奥右筆（おくゆうひつ）が担っていた。

つまり、江戸市中の橋梁については、江戸町奉行が主導して、〝建設〟や〝修復〟を行うのである。その担当とも言えるふたりが、同時に倒れたのは、偶然ではないと、奉行所内の誰もが思っていた。

その理由は、前々から、源五郎と菊馬は、自分たちに有利な普請請負問屋や材木問屋ばかりを選んでいた節があるからだ。

「恨みを買われたんじゃないか……『辰巳屋』の宴会には、他の材木問屋や普請請負問屋も来ていたらしいからな」

誰ともなく洩らした言葉には、「公正公平に事業を振り分けろ」という思いもあった。これを機に、別の者が担当になる可能性もあると、与力詰所や同心詰所でも話し合われていた。

殊に、年番方与力の井上多聞には耳が痛かった。奉行所内の人事は、井上が担当だからだ。もちろん、ひとりで決める訳ではなく、他の年番方与力数人と合議によって、適材適所を考慮する。だが、菊馬に関しては、

――一橋様への忖度(そんたく)だろう。

と嫌味を言う者も多かった。それほど、菊馬は奉行所内部では、あまり好かれた存在ではなかったようである。

この日、料理人の平八(へいはち)が、北町奉行所に連行され、牢屋に留められていた。

商家の寮の多い根津で『瓢(ひさご)』という小料理屋を営んでいるのだが、〝出張料理〟みたいなこともしていたのだ。

平八は、馴染み客である清左衛門に頼まれ、寮まで出向いて、河豚料理を振る舞ったのだが、まさか毒に当たるとは思ってもみなかったと、狼狽している。

わざとではなくても、河豚や茸など食べ物の毒で死なせた場合でも死罪だ。情状の余地があっても遠島である。誤って荷車で人を轢いたり、川船を転覆させたり、積荷を落としたりしても死人が出れば、いずれも死罪である。それほど、ふだんの暮らしから気をつけることを、江戸町人は強いられていた。

「――旦那……棟梁が、河豚の毒で死んだなんて、あんまりです……」

担当の同心は、硝石会所掛りの宮下佳作であった。

硝石とは主に火薬の材料となるが、作物の肥料や布物の染料などとして、昔から使われてきた。また、塩石といって、塩と硝石を一緒に鳥や猪の肉に混ぜ込むことで、食中毒を防ぐこともできた。よって、硝石会所掛りが、食中毒などの検分も担当していたのだ。

「肝の毒なんて、ありえねえ。きちんと処理をして、しっかりと油紙に包んで、土深く埋める決まりになってるんです。下処理も念入りに店でしてきたし、毒が入ることなんてことはありえねえ。旦那、それに……」

「それに、なんだ」

「ザクに入れてるのは、あれは河豚の肝じゃなくて、カワハギのですぜ」

「そうなのか」

「ええ。あれを食って死ぬ道理がねえ。痺れるはずもねえ。そもそも、白子の醬油漬けは持って行きましたが、肝は持って行っておりません。本当です」

「下拵えのとき、誤って入っていたこともあるだろう」

「だったら、残ってたものを食べてみて下さいよ。死んだりしやせんよ」

悲痛に訴えているのは、間違って河豚で死なせても死罪になることを、平八は百も承知しているからだ。

「分かった分かった。こっちも、やたらと死罪にしたいわけじゃない。本当のことを知りたいだけだ。おまえも、『辰巳屋』の寮に出向いて包丁を振るってたのなら、その時の様子は覚えてるだろ」

「へ、へえ……」

「落ち着いて話してみな」

人柄の良さそうな宮下に、平八は少しずつ気を取り戻してきた。

二

小笠原菊馬が北町奉行に出仕してきたのは、事件から三日後のことだった。

倒れてすぐに寮の近くの町医者に運ばれたので、大事には至らなかったが、まだ舌が痺れて、ハッキリと物を言えず、手足も不自由そうだった。

棟梁の源五郎と命運を分けたのは、混じっていた肝毒の量だったようだ。しかも、源五郎は、あまりにも美味いからと、若い衆の分まで食べていたからだ。

年番方与力詰所に立ち寄った菊馬は、井上多聞に深々と頭を下げた。

「この度は、大変、ご迷惑をおかけしました。私に油断がありました。何より……何より、源五郎さんが取り返しのつかぬことに……申し訳ございません」

泣きそうな震える声で、菊馬は謝った。

「おまえのせいではない。それに一歩、間違えばおまえも……とにかく、錦先生に診て貰うがよい。復職できるかどうかは、それからのことだ」

「えっ……私を辞めさせるのですか……」

「そうではない。まだ病人である者に、過酷な仕事をさせるわけにはいかぬ。きちんと一人前として働けるか、必要以上に心身に負担を掛けることはないか、奉行所にとっても大事に至らぬか。それらを調べるのが、番所医の本来の務めゆえな」

「あ、はい……」

「さあ、行け。〝はちきん先生〟の美貌に接すれば、少しは元気になるだろう」

与力詰所の奥に隣接している診察部屋には、すでに錦が座っており、キリッとした目を井上に向けている。視線が合って、井上はドキッと胸を押さえた。

「ち、違いますぞ……私はそういうつもりで言ったのではない。あくまでも、菊馬を励ますつもりでだな……」

「美醜は〝堅固〟には関係ありません」

「だから、その……とにかく、宜しく頼みましたぞ」

井上は終いには居直ったように、菊馬を錦の方に押しやった。

「まったく、町奉行所は男所帯ですから、私が珍しいのでしょうが、興味本位の見方をされては困ります」

錦は少し怒った口調で言ったが、その前に座った菊馬は困ったように微笑んだ。

わずかに愁いを帯びた表情と、役者絵に出てきそうな面立ちは、たしかに女心を惹きつけるものがあった。錦も、菊馬にまつわる噂は、多少だが知っている。

「――八田先生……私はどうしたら、よいとお思いですか。務めを辞めるべきか、隠忍自重してでも全うすべきか」

いきなり菊馬は訊いた。こうして、唐突に問いかけて、相手の心を揺さぶるのは、計算しているのか本能なのかは分からぬが、菊馬の策略なのであろう。

人は質問されると、思わず答えを出そうとする。選択を求められると、いずれかを選ぼうとする。人間の持って生まれた性分で、二者択一によって善処するという心理を刺激されるのだ。

だからこそ、錦は菊馬の問いかけには答えず、逆に訊いた。

「どうして、河豚を食べたのですか」

「えっ……」

「武士が河豚を食べるのは禁止している藩も多くあります。町奉行所においても、極力食べないようにと指導しております」

河豚は冬が旬だが、年がら年中、食べられるものだ。虎河豚は珍しいが、江戸湾なら何処でも獲れる潮際河豚や胡麻河豚は、庶民の口に簡単に入ったものだ。それでも、食べ頃は秋の彼岸から春の彼岸くらいなのは、産卵期直前の河豚は肝臓が栄養を蓄えるため、卵巣の毒が強くなるからだ。調理の時に飛びちっても影響はある。

「菜の花が咲く頃の河豚は食うな……と昔から言われてますが、その後でも、いい加減な処理をしたものには、毒が混じっていて当たり前です。武士なら食べません。もちろん、虎河豚ならば、硬い身や皮、白子などは無毒だから、いつでも食べられますが、町方同心ならば万全を尽くすべきでしたね」

油断大敵だと説教されて、菊馬は申し訳なさそうに肩を落としていた。だが、その顔を覗き込んだ錦は、

「けれども、意外に元気そうで良かったです。顔色は悪くないし、いえ、むしろ血脈や気孔の流れは良いようですしね」

と言った。

「それに……」

「え……」

「いつぞや怪我した腕も、かなり良くなったみたいですね」

錦が軽く左腕に触れると、菊馬はその痛みよりも心が傷ついているように、

「あ、そうですね……」

と恐縮したように菊馬は答えた。源五郎だけが死んで、自分が助かったことが申し訳なさそうだった。錦はその気持ちを汲むように、励ましの言葉をかけた。

「井上様の言うとおり、あなたのせいではありません。必要以上に思い悩むことは、棟梁のためにもなりません」

「――ありがとうございます……」

「でも、捕まって牢にいる平八さんは可哀想だと思います。こんな言い方をしたらいけないかもしれないけれど、死人が出なければ、これほどの罪にはなりませんでしたから、今後は気を引き締めて下さいね」

「承知しました。では……」

立ち上がろうとする菊馬を、錦は呼び止めて、

「今日は仕事になりません。上役の青野(あおの)様にも言われてますので、休んで下さい」

「やはり、私は……」

「大丈夫です。それより、一緒に参りませんか」

「あなたが組屋敷で寝ている間に、通夜も葬儀も終えました。私もまだなので、線香を上げに行きましょう」

「え、何処へですか」

「私も……ええ、そうですね……残された娘さんにも詫びなければならない」

また菊馬は自分を追い詰めるような顔になった。

「それがいけません。さ、一緒に……」

錦はまるで散歩にでも誘うかのように、気楽に肩を叩いた。


棟梁源五郎の家は、深川は海辺大工町にあった。

辺りには、文字通り大工が住んでいる長屋が並んでいる。材木問屋が沢山、店を構えているから、材木の選定などの仕事にも便利であるからだ。資材を運ぶ船着場もあちこちにあって、まさに江戸の景気の土台になっているような活気があった。

そんな中で、大店と見紛うような大きな屋敷があった。さすがは大工頭支配の〝大棟梁〟らしい立派な家だった。

しかし、表戸は閉められ、『忌中』の張り紙だけが、海風に揺れていた。潜り戸から訪問客が出入りしているが、突然のことだったために、後からお悔やみにくる人々が列を作っていた。それほど慕われた人柄であることが、分かる光景であった。

順番を待っていた錦が入ってくると、弔問客に対応していた娘のお竹が、お世話になりましたと深々と頭を下げた。

実は、源五郎が亡くなった直後、河豚毒であっても、不審死には違いないから、定町廻りの佐々木康之助に連れられて、検屍に来ていたのである。

錦の後から、入ってきた菊馬の姿を見て、お竹はアッと息を呑む仕草をした。胸に手を当てたまま、一応、深く頭を下げた。

「——この度は、どうも……俺が側にいながら……申し訳ない」

菊馬は奉行所にいたときのまま、恐縮して謝ってばかりである。お竹は小さく首を横に振って、型通りに焼香を促した。

すでに源五郎の亡骸は、棺桶に入れて永代寺の墓場に葬ってある。錦と菊馬は、仏壇に向かって合掌して、線香をくべた。その間も、お竹はずっと菊馬の姿を見ていた。何か言いたげな辛そうな目だったが、下唇を噛んで耐えているようだった。

焼香が済むと、菊馬はお竹に向かって、

「残念だったけれど、俺ができることは何でもする。だから、困ったことがあれば、いつでも相談にきてくれ」

「……」

「少しでも力になりたいんだ」

「ありがとうございます」

お竹は礼を述べたが、それ以上の気遣いは不要だとでも言いたげに感じた。突き放すのではなく、諦めの表情だと錦には見えた。

「じゃ、また顔を見にくるよ……」

そう言って立ち去ろうとする菊馬に、お竹は意を決したように、

「二度と来なくて結構です……これで、踏ん切りがつきました。ありがとう」

とまた深々と頭を下げた。

菊馬は意外な目で見ていたが、何も言わずに軽く頷き、潜り戸から出ていった。

ふたりの間に何かあったのかは、およそ察しがついた錦だが、話せる程度でよいからと、お竹に尋ねた。錦からすれば、何か心的な負担があるなら、菊馬が今後、同心としてやっていけるかどうか、という判断の材料にしたかったからである。

他の客が去るまで錦は待って、お竹から話を聞くことができた。

「実は……菊馬様とは、夫婦になる約束をしていたのです」

「そうなのですか……」

錦はもしやと思っていたが、その通りであった。

「お父っつぁんと菊馬様とは仕事を通じて親しくなり、初めはむしろ、お父っつぁんの方が、『あの若い同心はいい奴だ。女房にして貰ったらどうだ。なに、相手はお侍だが、俺だって、公儀普請を一手に請け負うくれえの棟梁だ。負い目はねえよ』なんて」

「断られたのですか、菊馬さんに」

「いいえ。こっちから、お断りしたんです」

「それは、またどうして」

成り行き上、錦は聞き返しただけだが、お竹は膝をもじもじとさせた。

「あ、言いたくなければ、いいんですよ」

錦は気を遣ったが、女同士だと安心したのか、お竹は思いの丈を述べた。

「私のことは、遊びだったんです……菊馬さんには、私以外に色んな女の人が……

それで、うちのお父っつぁんが、十日程前のことです。酒に酔った勢いで……」

——大横川に架かる橋のことで、訪ねてきていた菊馬に、源五郎はバッと酒をぶっかけて、猛然と怒鳴りつけた。

『二枚目ぶって、女をたらし込むのは結構だがよ。傷物にされた娘を、どうするんだって訊いてるんだよ』

『源五郎さん、私は別に……』

『別になんでえ。こちとら江戸っ子でえ。四の五の言わずに、謝りやがれ』

『落ち着いて下さい、父上……』

『てめえに父上と呼ばれる謂われはねえ……一橋様の御家老のお姫様と一緒になると決まってんなら、別に俺の娘に手を出すことはなかったんじゃねえのか。しかも、夫婦になろうなんて寝物語に言ったそうじゃねえか』

『いえ、本当に私は、お竹さんに心底、惚れてます。ですから……』

『だったら、とっとと大久保様のお姫様に断ってこいよ。俺は、大工の棟梁源五郎の娘、お竹を嫁にするから、ってよ』

今にも殴りかかりそうな源五郎を、お竹は必死に止めた。

『大久保様のお姫様だけじゃねえぞ。おまえは、辰巳屋清左衛門の娘、おみなにも手を出してたそうじゃねえか』

『いいえ。それは、ただの噂です……人は勝手に作り話をするので……』

『おみなと懇ろになったことで、俺はハハンと思ったね……おまえはよ、辰巳屋や俺に近づいて、なんやかやと便宜をかけてきたが、ぜんぶてめえの出世の為じゃなかったのかい。いい仕事をすりゃ、お株が上がる』

『そんなことは……』

『そういや、おまえは御家人株を買って、同心になったんじゃねえか。つまりは、金で侍になったんだ。偉そうにするな』

『そのとおりです。だからって、出世のために、棟梁と仲良くしてるのではありません。棟梁の人柄に惚れたので、色々なことを教えて頂きたくて……』

『嘘をつけ。お竹を誑かす手練手管だろうが、このやろう』

『ち、違います』

　菊馬は必死に否定したが、興奮している源五郎は制止が利かなくなって、ガツンと一発殴り飛ばしてしまった。だが、菊馬はじっと耐えて座ったままで、

『本当に私は、お竹さんに惚れてるんです』

と繰り返した。その態度が却って、人を舐めているような気がしたのか、益々、源五郎の怒りは収まらなかった。しかし、やはり菊馬はじっと我慢をして、刃向かったり責めたりしなかった。

『どうせ、おまえは清左衛門の娘も食い物にして、賄賂でもたっぷりと貰うつもりだろうが。卑しい人間は、いつまで経っても卑しいんだよ』

源五郎は罵れるだけ罵ったが、菊馬はまるで嵐が通り過ぎるのを待つように、じっとその場に座っていた。そのことに、源五郎の方も少々、応えたのか、「言い過ぎた」と謝った。だが、頑なに、お竹を嫁にやることは許さないと言い続けたのである。

だから、清左衛門が取り持つようにして、此度も一席設けたのだが、まさかの出来事が起こってしまったのである。

「――そういうことが……」

お竹の話を聞いて、錦は胸が痛くなった。

菊馬ではなく、お竹に同情してのことだ。いつの世も、結婚のことですら、家や男が決める。自分の意志や力で、人生を決めることができない。その女の理不尽な辛さに、錦は怒りすら感じていた。

「分かりました。今はお父っつぁんも亡くなったばかりだから、悲しくて自分でもどうしてよいか分からないと思うけれど、私はあなたの味方ですからね。姉とでも思って、これからも頼りにしてね」

錦が優しく肩を抱くと、お竹は堰を切ったように涙を流すのだった。泣きながらも懸命に、こう訴えた。

「今の話は内緒にして下さいね……奉行所で菊馬様の評判が悪くなるようなことは、絶対にならないようにお願いします」

「分かったわ。安心なさい」

込み上げてくるお竹の悲しみを、錦なりに受け止めるしかなかった。

三

北町奉行所の定町廻り同心・佐々木康之助が、やはり深川にある材木問屋『辰巳屋』を尋ねてきたとき、主人の清左衛門は、先日の衝撃的な出来事のせいで寝込んでいた。

事情を話しに出てきた番頭の久兵衛（きゅうべえ）は、実直そうな態度で、

「宴席を開いた自分のせいだ。棟梁の源五郎さんには申し訳ないことをした。北町の小笠原様にも大変なご迷惑をかけたと悔やんで、旦那様は精気がないのです」

と、ひたすら謝った。

「だがな、聞きたいのは、そういうことじゃないんだ」

佐々木は曰くありげに声を潜めた。店内には仕事をしている手代、出入りの商人や職人、人足らもいる。久兵衛は察して、帳場の裏にある小部屋に、佐々木を招いた。

「では、一体、何のお話で……定町廻りの旦那が来たということは、まさか……」

「殺しだよ」

「こ、殺し……!?」

思わず声を発して、久兵衛は自分の口を押さえた。

「どういうことですか、佐々木の旦那」

「実はな、番所医の調べで、亡くなった棟梁の源五郎は河豚の毒じゃなくて、鉛の毒だって話なんだ」

「鉛……」

別物だが、今でいう水銀のことを意味する。銅を吹いて純粋なものを作り出すとき、不純物が出て、その中に水銀が含まれる。

それを飲むと、毒性が非常に強いので、血脈や神経を破壊され、俄に運動失調や言語障害、感覚麻痺などが起こり、場合によっては死ぬこともあるのだ。

「河豚の毒ではなかったのですか……」

「一見、似たような症状になるから、河豚だと思い込んだのだろう。衝撃の度合いが違うからな。河豚ならめったに即死なんてことは起きないはずだと、うちの先生が話したのだ」

「それで……」

「毒性の疑いがあれば亡骸の口蓋などに、銀の棒を突っ込んで調べる。河豚の毒には反応しないが、石見銀山のような鉱物由来の毒には、銀の棒は黒く変色するのだ」

「――そ、そうなんですか……」

佐々木は久兵衛を睨みつけるように顔を近づけて、

「うちの錦先生の見立てじゃ、誰かに水銀毒を飲まされた。だが、河豚に当たって死んだように見せかけられた……のではないかって言うんだよ」

「は、はい……」

「まだ北町に捕らえてる料理人な……」

「平八さんですか」

「ああ。そいつの話じゃ、河豚の肝は持ってきてなかったっていう。でだな、その場にいた他の客人たちの話によると、源五郎とうちの小笠原菊馬が倒れる直前に、酒を注いでたのは、清左衛門だってことだ」

「だ、旦那様が……」

「しかも、そのふたりにベッタリくっついて、飲ませた」

久兵衛の顔色がみるみる変わるのへ、佐々木は追い打ちをかけるように、

「源五郎と菊馬の間を取り持ったって話も、小耳には挟んだが……清左衛門がこのふたりに恨みとか、邪魔だとか……そんな話を聞いたことはないか」

と訊いた。

「あ、ありません。三人ともとても仲が良くて、まさか、そんな……」

ぶるぶると震えながら、久兵衛は答えた。佐々木はその肩に十手を軽く置いて、

「おまえが関わってるとは微塵も考えていない。だが、清左衛門の右腕と言われてる大番頭だ。何か事情を知ってるだろう。源五郎と菊馬を狙うような」

「分かりません。私には……」

と言いかけて、久兵衛は立ち上がって、小部屋から出た。目の前の帳場に振袖の娘が来て、手当たり次第、金庫から小判を摑み取っていったからだ。

「おみなさん！　お嬢さん！」

久兵衛はとっさに追いかけながら、

「こんな時に、何処に行くのです。また、あの男の所ですね。騙されているってことが、まだ分からないのですか」

と背後から引き止めようとしたが、おみなと呼ばれた娘は振袖で払った。まだ十六、七の可愛らしい娘盛りだが、険悪な顔つきで荒々しい態度だった。

「奉公人のくせに偉そうになんです」

「少しは店のことも考えて下さい。旦那様だって、あんなに……」

「そうやって、お父っつぁんのご機嫌取ってればいいわ」

おみなは急いで履き物を履くと、客がいるのも構わず、手代たちに「邪魔だよ」と乱暴に押しやりながら店から出ていった。

奥から寝間着姿同然で出てきた清左衛門は、佐々木を見て、

「――これは北町の……お見苦しいところを、お見せしました……久兵衛、なんだね」

「あ、はい……源五郎棟梁のことで……」

久兵衛が答えると、清左衛門は曖昧に頷いただけで、

「さようですか。ご苦労様です」

と奥に舞い戻った。

「番頭。何かあったら、すぐに俺に報せにくるんだ。いいな」

佐々木が念を押して表に出ると、酔っ払ったように振袖を振り廻しながら小走りに行くおみなの姿が見える。路地から出てきた嵐山が、佐々木に頷いてから、後を尾け始めた。

永代橋東詰には、料理屋、割烹、水茶店などに混じって、出合茶屋も並んでいる。男女が密会するための茶屋だが、一見して船宿にしか見えない店もある。

おみなは人目を気にする様子もなく、当たり前のように、その一軒に入っていった。

追いかけてきた嵐山は、チッと舌打ちをした。待ち合わせの相手がいない客は入れないからである。だが、店の者を呼び出して十手を見せつけ、

「御用の筋だ。さっき入った娘のことを調べてる」

と言うと、意外にも店の者は、『辰巳屋』の娘であることを承知していた。だったら、尚更、探索をする必要があると、半ば強引に店の中に入った。

二階の端の部屋に入ったおみなは、先に来て窓辺の手摺りに凭れかかって、永代橋を眺めていた男に声をかけた。着流しだが、床の間には刀が立てかけられており、脇差しを差している。

「何事もなくてよかった……」

おみなの声に振り返ったのは、なんと菊馬であった。

「会いたかったあ……河豚毒に当たったからって、心配してたんだよ」

恥じらいもなく、おみなは菊馬に擦り寄って抱きついた。だが、菊馬は冷めた顔で、軽く突き放して、

「もういい加減にした方がよさそうだな」

「どうして……ほら、持ってきたよ」

小判を十枚ほど握らせるようにして、菊馬に手渡した。ためらいもなく懐に入れ、

「親父さんには、これからも稼がせて貰いたいが、この辺りで縁を切っておこう」

「そんな……」

おみなは甘えた声で、菊馬に抱きついた。

「私、離れないからね。あなたが一橋家家老の跡継ぎになったとしても、ずっと一緒。日陰の女でもいい。お父っつぁんだって、そう言ったでしょ」

「そういうことじゃないんだ」

「じゃ、どういうことなの。分かるように話してくれないかしら」

さらにしがみつくおみなを、面倒臭そうに菊馬は突き放して、

「町方同心も辞めさせられるかもしれない。それは、それで結構だが、こんなこと

で御役御免になったら、大久保様からも引導を渡されるかもしれない。その上、他に女がいたなんてことを知られると、厄介だしな……」

と冷徹な声で言った。

「要するに私が邪魔になったのね」

「――おまえは、江戸で指折りの大店の娘だ。幾らでも入り婿がいるだろうよ」

「あなただって、初めはそれが狙いだったんでしょ。『辰巳屋』に婿入りして、日に千両もの金を動かせる商人になりたい……そんな話を聞かせてくれたじゃない」

「おまえの親父や棟梁たちと付き合ってると、商いってのはつくづく大変だなあって思ったよ。いい勉強になった」

「どういうこと……」

「考えてみな。侍ってなあ、何もしてなくても、百姓から米を貰って、商人から袖の下を貰って、食いっぱぐれがなくて、一番、気楽な稼業じゃないか。それに役人ならば、俺みたいな下っ端でも、誰もがへいこらする」

菊馬は底意地の悪そうな目つきになったが、おみなはそれでも愛おしそうに、

「そうかしら。うちのお父っつぁんは、侍なんかバカだ。煽(おだ)てりゃ、ホイホイと

なんでもやる。ちょっと鼻薬を利かせただけで、お上の秘密でもペロッと喋って、儲けのネタを教えてくれる。偉そうにしてるだけで、踊らされてるってことに気付かないんだってね」

「そうだ。親父さんの言うとおりだ」

達観しているように菊馬は、窓の外に見える永代橋を眺めながら、

「だがな、役人の方もバカじゃない。自分たちの懐も潤うから、てめえたちに都合のいい商人を大切にするんだ。けど、呉越同舟……裏切り者は始末されるんだ」

「裏切り者……まさか源五郎さんが、お父っつぁんを裏切ったとでも？」

「おまえには、まだ難しい話だよ」

菊馬は答えを逸らして、どんよりとした空を仰いだ。

「あの橋を渡るのに、二文払わなきゃならない。武士は只だがな、町人は二文だ。享保の昔からの決まりでな」

「知ってるよ……」

「本当なら、幕府がぜんぶ面倒を見なきゃいけないんだろうが、金をケチってな。とどのつまりは、使うのは町人だから、てめえらで払って修繕しろって話だ」

「……」

「日に三千人くらいは通るから、年に四百両にはなる。だが、江戸全体なら、修繕などに千五百両はかかるから、結局は持ち出しだ。町のあちこちの橋にまで、通行料を取るわけにはいかないからな」

「だから、なによ……」

「つまらねえと思ってさ。結局、幕府は金を出したがらない。百姓や町人がぜんぶ負担している。そんな世の中がな」

菊馬は遠い目になると、おみなの表情には羨望の輝きが浮かんで、

「だったら、菊馬さんが老中や若年寄にでもなって、多くの人のために良い政事をしたらいいじゃないの」

「——いやなこった」

「えっ……」

「俺は楽して、左団扇で暮らしたいだけだ」

「……」

「生まれた時から、蝶よ花よと煽てられ、乳母日傘で暮らしてきた、おまえには分

からないだろうがな」

「だったら、『辰巳屋』の若旦那だっていいじゃないのさ。なんで、私じゃいけないの。商人はそんなに嫌なの」

「言っただろ。商いには興味がない。ただの金蔓なら結構だがな」

吐き捨てるように言った菊馬の顔は、意地汚そうに歪んだが、チラリと隣室に目がいった。床の間の刀を手にすると、そっと襖に近づいて素早く開けた。

だが、そこには誰もいなかった。

「どうしたの……？」

おみなが訊くと、菊馬はなんでもないと首を横に振ったが、明らかに不審な顔つきになった。誰かに話を聞かれていたと思って、歯ぎしりをしていた。

四

町御組屋敷が並ぶ、いわゆる八丁堀の地蔵橋近くに、小笠原菊馬の屋敷はあった。いずれも同じわずか六十坪程の土地に、粗末な平屋が立っており、手入れが充分ではない庭は雑草が生え始めていた。

錦が訪ねると、ワンワンと犬が威嚇するように吠えた。庭の片隅に繋がれているのは、黒っぽい耳の尖った雑犬だった。

犬の声を聞いてか、屋敷の中から老婆が玄関に出てきた。

「――どちら様でございましょうか……」

母親とおぼしき老婆は玄関の上がり框の所まで、おぼつかない足取りで来ると、正座をして丁寧な物言いで尋ねた。

「北町奉行所の番所医で、八田錦と申します。菊馬様のご様子を伺いに参りました」

「ああ……これはこれは、どうもご苦労様でございます」

老婆は品のよい態度で、指をついて頭を下げた。その声には意外と艶があった。一見老婆に見えたが、よく見るとまだ四十半ばくらいのようだった。

綺麗に結ってはいるものの髪には白いものが混じり、まったく化粧気のない顔だった。薄い皺は目尻にあるが、細い面立ちは気品に溢れている。若い頃は、さぞや美しかったであろうなという風貌だ。

「先日は大変なことでございましたね。お勤めに差し障りがあるかどうか、〝達者伺い〟でございます」

「ご迷惑をおかけしております。どうぞ、中へお入り下さいませ。私は菊馬の母親、佐枝と申します。お見知りおきの程、宜しくお願い申し上げます」

母親は丁寧に挨拶をしてから、立ち上がろうとしたが、手で虚空をまさぐる仕草をして、近くの柱を摑んだ。綺麗な瞳であるのに、目が不自由なようだった。

「――もしかして、目が……」

錦が声をかけると、佐枝は恐縮したように小さく頷き、

「迷惑をお掛けいたします。若い頃の粗相が祟って、〝白そこひ〟に罹ってしまいました。無様な姿で申し訳ありません」

「いえ、とんでもない……さあ」

手を貸した錦に、佐枝は意外そうに小首を傾げながら、

「ご親切にありがとうございます……温かい手でございますね」

と少し嬉しそうに言った。

目は不自由でも勝手知ったる我が家であるから、見えるように座敷に案内した。

茶を煎れると厨房に行こうとしたが、錦は止めた。

「ついでといってては何ですが、目を見せて頂けませんか」

「ありがとうございます。でも、もう漆黒の闇でございまして……」

「そうですか。これは、いつ頃からですか」

「かれこれ五年には……」

錦は佐枝を介添えして座らせると、目の様子を診た。綺麗な黒い瞳だが、採光がなく、完全に失明状態だった。

眼科医のことは当時、〝めくすし〟と呼ばれていたが、本道（内科）の医師が兼ねることが多かった。いわゆる鳥目や涙目など、栄養不足や過労によって、目を患うことが多かったからである。

ほとんどの眼病は、脂肪などの摂取によって改善したが、内障といって眼球自体が悪くなると、鍼治療などで快復することもあったが、完治は難しかった。今でいえば、緑内障、黒内障、白内障などのことである。

しかし、将軍家の奥医師などになった土生家などには秘伝の丸薬などがあるということを、錦も聞いていた。

「菊馬様は、一橋家のお姫様と婚姻なされるのでしたら、一度、相談してみたら如何でございましょう。土生様は、家慶公の目の疾患も治した名医ですし、そのご子息も西の丸奥医師を拝してます。私も知らなくはありませんが、お頼みしてみれば……」

「将軍様の……いえ、恐れ多いことです」

佐枝は怯えたように手を引っ込めて、自分の運命だと諦めている、今日の命があるだけで充分だと殊勝に話した。

「とにかく、頃合いを見て、私の知り合いの〝めくすし〟にも診て貰いましょう」

「いえ、本当にもう……それより、菊馬の様子はどうなのでしょうか」

「おや……いらっしゃらないのですか」

錦は意外だというふうに訊き返した。病は快復しているが、自宅待機を上役から命じられていたはずだからである。

武士というものは、自由気儘に外出ができるものではない。大名や旗本、その家臣たちはたとえ一日でも留守にする場合は、幕府に前もって届け出なければならない。町奉行所にあっても、与力や同心は非番だからといって、ぶらぶらと遊びに出てよいわけではなく、自宅にいるのが基本である。

佐枝はそのことを知らないようで、何処ぞに気晴らしに釣りにでも行ったのではないかと、暢気そうに言った。錦はあえて事情は話さなかったが、菊馬の様子だけは尋ねた。

「――はい……毒に当たった初めの日は、苦しそうにして、何度も夜中に起きては、吐くような様子でした。でも、翌日には少しマシになったようで、私の面倒をいつものようにしてくれました。でも、やはり頭がくらくらして、胸が苦しいと話してました」

流暢に息子の様子を語る佐枝は、心の底から案じているようだった。幾つになっても子供は子供とはよく言われるが、佐枝もやはり母親の気持ちなのであろう。

それゆえ錦は、河豚毒ではなく水銀毒によるものだとは話さなかった。まだ探索上の秘密でもあるが、水銀毒なら、

――菊馬が命を狙われた。

と伝えるようなものだからである。もし我が子が誰かに殺されたかもしれない、などと勘づけば、母親ならば誰でも苦しむであろう。ましては目が不自由ならば、

その不安は計り知れないものがある。

錦は当たり障りのない話をしてから、

「出歩く余裕があるのならば、これまでどおり定橋掛りとして務められるよう、年番方与力や上役の与力に伝えておきます」

と言うと、佐枝はありがたいことですと手を合わせて頭を下げた。

「それにしても……此度は、一橋家御家老、大久保忠恒様のお姫様との婚儀、おめでとうございます」

「あ、いえ……まだ確かなことでは……」

「大久保様には私も一度だけ、お目に掛かったことがありますが、さすがは上様の側近でもあられた方だけあって、品格や知性が素晴らしく、それでいて気さくな御仁ですので、きっと恙なくお運びになると思いますよ」

単なる噂ではなく、さる筋から確かに聞いたことだと、錦は伝えた。

「恐れ多いことです……菊馬には、幼い頃から大変な苦労をさせましたから……親としてはもちろん幸せになって貰いたいです……でも、あまりにも分不相応なことに、私は正直、驚いております」

それが正直な気持ちなのか、謙遜なのかは分からないが、佐枝は育ちの良さそうな物腰で話した。錦も好感を抱いたので、つい言葉を走らせてしまった。

「お母様のご実家は、それこそ上方の〝御大家（おたいけ）〟と呼ばれるほどの商家だったらしいですね。船場かどこかの」

「え……ええ、まあ……」

あまり触れられたくない様子であったが、錦は佐枝の穏やかな人柄に触れて、もう少し身の上話を聞いてみたかった。菊馬のことにも関わるからである。

「たしか、廻船問屋をなさってたとか。でも、商売は為替で執りおこなうのが常。不渡りを摑まされて、お店は潰れてしまったとか」

「――先生は、何処でそのような話を……」

「菊馬様からもチラッと聞きましたが、実は私の小父さん……小父さんといっても父上の親友で、私とは血の繋がりはないのですが……辻井登志郎といって、元は吟味方与力でした。私はその家に居候の身なんです」

「そうでしたか……」

「でも、不思議なことに、小父さんは何処かに女でも囲っているのか、ちっとも屋敷に帰ってきません。でも、時々、帰って来てて、この前、菊馬様の話が出ましてね」

「菊馬の話……」

「はい。そりゃ、一橋家家老のお姫様と一緒になるのですから、恐らく色々と調べることもあるのでしょう……あ、ごめんなさいね。変な意味じゃないですよ。私は本人同士が好きならば、御家とか身分とかは、どうでもよいと思ってますけれど」

「そうですか……小父さんは吟味方与力……」

不安そうな表情を浮かべた佐枝を、錦は「おや？」と見やった。

「元です。今は楽隠居。それに小父さんといっても……」

同じ事を繰り返そうとした錦だが、あまりにも陰鬱そうな顔になった佐枝のことが、却って心配になった。

「ごめんなさい……私、嫌なことを話したようですね。気になさらないで下さい」

錦は誤魔化すように言ったものの、見えない目の佐枝は、明らかに暗澹たる思いが心の中に広がったようだった。その気持ちの変化を、錦は「何かあるな」と思いながら、じっと見つめていた。

五

前屈みになりながら、診察部屋に入ってきた佐々木は年寄りみたいな姿で、錦の前に座り込んだ。

「腰が痛いんだよな」

チラリと年番方詰所の方を見やって、

「井上様。大事な話なんで、閉めて貰っていいですかね」

と声をかけると、井上は不愉快そうに答えた。

「私たちに聞かれて不都合なことがあるのかね」

「探索上のなんとやらってやつで」

「あのな、佐々木……〝はちきん先生〟は番所医であって、定町廻りではない。検屍などある程度のことはやむを得ぬが、探索に利用するでない」

「ご意見を聞く程度のことです。もちろん、腰のことでね。日がな一日、歩き廻ってると、どうしても痛みがね……雨の日も風の日も、机の前に座ってみたいもんだ」

佐々木が皮肉を言うと、井上はあからさまに睨みつけて、バシッと襖を閉めた。

「はは。焼いてやんの……俺が先生のことを口説いてるとでも思ってんだな」

「余計な話は結構です。その腰の痛みならば、貼り薬で宜しいでしょう」

「診もしないで分かるのかい」

「分かります。歩き方を見ていれば……で、本当のご用件はなんですか」

錦の方から問いかけると、佐々木は真顔になって、

「菊馬の家を訪ねたんだってな」

「よく、ご存じで」

「八丁堀は町方の組屋敷だから、そこかしこに密偵がいるようなものなんだよ」

「さようですか。でも、菊馬さんの様子を見に行っただけですよ。生憎、留守でしたが」

言ってからシマッタと錦は思ったが、佐々木は怪しげな笑みを浮かべて、

「非番なのに上役に届け出もせずに外出とはこれ如何に……どころの話ではない。奴はその頃、女と密会だ」

「えっ……」

　錦は心の底から驚いた。同時に、佐枝の陰鬱な表情を思い出した。

「相手は、『辰巳屋』の娘だ」

「そうなんですか」

「なんだか様相が変だろう。先生が見立てたとおり、源五郎は河豚に当たって死んだのではなく、誰かが毒を入れたためだ。しかも、菊馬まで被害に遭ったのだからな」

「佐々木様は、下手人の目星をつけてるのですね」

「ああ。その宴席に出ていた者、みんなに当たって、調べ直してみたが、毒に当たった……いや毒を飲まされたのは、源五郎と菊馬だけ。つまり、ふたりを厄介だと思っている奴の仕業としか思えねえ」

　自信をもって、清左衛門が怪しいと断言した。

「でな、捕縛する程の証拠はないが、今日は清左衛門を呼びつけておる。昼過ぎに詮議所にて問い詰めるから、錦先生も立ち合ってくれないかな」

「どうして、私が……」

「番所医ってなあ、人の心も見抜くんだろ。その仕草や言葉遣い、態度などから、内面はどうなのかって」

「たしかに体調の判断の材料にはなりますが、本当のことを言っているか嘘かまでは、断定できません」

「何もそこまで見てくれとは言ってない。もし、毒のことであれこれ理屈を捏ねやがったら、対処して貰いたいと思ってな」

佐々木はどうでも錦を同席させるつもりであった。もっとも、錦としても真相究明のために手助けするのは吝かではない。町奉行所同心の菊馬に関することには違いないから、立ち合うことにした。

町奉行所内には、詮議所が大小数ヶ所あるが、相手はひとりであることから、お白洲の横手にある六畳間で執りおこなった。

清左衛門は緊張した様子で、佐々木と向き合った。佐々木は単刀直入に、

「毒を入れたのは、おまえだろう」

と詰め寄った。

「どうして私がそんな……」

文句を言いたそうな清左衛門だったが、黙って聞いていた。

「本当なら、自身番で取り調べてもいいんだ。けど、『辰巳屋』といや公儀普請を一番多く請け負ってる御用商人だ。人目もあるだろうから、こうして配慮したんだ。正直に話してくれないかな」

佐々木にしては珍しく、下手に出て話していた。詮議所ゆえ、傍らには吟味方与力の藤堂と同心の加納も同席している。

藤堂に促されて、清左衛門は宴会の時の様子を丁寧に話した。だが、源五郎と菊馬に毒を仕込んだ酒を飲ませたことは、決して認めようとしなかった。

「なあ、清左衛門……おまえが河豚毒に見せかけて源五郎を殺したせいで、平八が疑われて奉行所の牢に閉じこめられてたんだ」

河豚毒のせいではないと判明しても、しばらく逗留させられていたが、〝共犯〟の疑いはまったくないとは言えなかった。ようやく解放されたのは、今日のことである。

「下手すりゃ、間違って死罪だぜ。おまえが平八のせいにしたとしたら、その阿漕な罪も上乗せだ。『辰巳屋』は闕所。おまえも当然、獄門に晒される」

清左衛門は体を震わせながら訴えた。

「そんなことしていません。あの宴会を取り持ってくれと言ってきたのは、棟梁の源五郎さんです。菊馬様と喧嘩したとかで、その仲直りをしたいからって」

「聞いてるよ」

「だったら、辛気臭くやるより、いつも世話になってる商人や職人らも集めて、賑やかにやろうってことになったんです」

「で……平八を雇ったのは、毒死に見せかけるための細工ってわけか」

決めつけて言う佐々木に、清左衛門はさすがに怒りの目になって、声を荒らげた。

「よして下さい。私がそんなことをした証拠があるんですか。そもそも、なぜ私が、棟梁や菊馬様を狙わなければならないのです」

興奮して顔が赤くなった清左衛門に、佐々木は余裕の笑みを浮かべて、

「なら、言わせて貰おうか……おまえは前々から、橋の普請や修繕に限らず、公役金から貰った金を、こっそり抜いて隠してたそうだな。ピンハネは当たり前で、百両しかかかってねえ普請代を、百二十両、百五十両と水増ししてたりもした」

「えっ……」

狼狽する清左衛門を、吟味方与力と同心も驚いた顔で見ていた。錦もじっとその様子を観察している。

佐々木は顔を突きつけるように、鋭く問い詰めた。

「番頭の久兵衛が全部、話したぜ。久兵衛は裏帳簿もきちんとつけていた」

「！……」

「その金を隠すために、源五郎は『辰巳屋』の寮に、隠し蔵まで作ったってな」

「……」

「源五郎はおまえの隠し金を寄越せと、何度か脅してたそうだな。仕方がなく、幾ばくか金を渡したそうだが、物足らなくて、あの日も……河豚ザクを食った日も、みんなが集まる前に、無心されたそうじゃないか」

佐々木はぐうの音も言わさぬように、清左衛門に迫った。すると、清左衛門はガックリと両肩を落として、深い溜息をついた。

「――佐々木の旦那のおっしゃるとおりです……私はたしかに、上前を刎ねてました。そうでもしなきゃ、木曽から運ばれてくる材木の卸値がどんと上がって、立ちゆかなかったからです」

「言い訳はいい。源五郎のことが厄介になって、殺したんだな」

急かすように佐々木は言ったが、清左衛門はむしろ落ち着いた態度になって、

「いいえ。棟梁は確かに、博奕(ばくち)にもはまってたから金が欲しかったのは事実です。でも、私にしてみても、源五郎さんなら大工や人足の日銭が安く済むので、材木商として普請を請け負うには、やりやすい人でした」

「なら、なんで殺したんだ」

「ですから、殺してません。むしろ……」

少し言い淀んだ清左衛門に、佐々木はさらに苛立ったように詰め寄った。

「むしろ、なんだ」

「はい……むしろ菊馬様の方が死ねばよかったのに。そう思うくらいです」

清左衛門の意外な言葉に、吟味方与力や同心たちも顔を見合わせた。錦だけは冷静に、状況を見ている。

佐々木は思わず、清左衛門の胸ぐらを摑んで、

「菊馬が死んだ方がよかっただと……おい、おい。言うに事欠いて、話をはぐらかすつもりだな、てめえ」

「——正直に話しております……理由は、うちの娘を誑かしているからです」

「誑かす……だと？」

ガハハと佐々木は大笑いをして、清左衛門を突き放した。

「菊馬を誘惑しているのは、おまえの娘の方だぜ。番頭もそのことは承知してる。俺の岡っ引も、ちゃんと調べてるんだ」

嵐山から聞いた出合茶屋での密会のことを、佐々木は話した。だが、清左衛門は娘が菊馬に入れあげていたことは、百も承知していた。だから、酒席でも、

——妾でもいいから、してやってくれ。

と話したという。

むろん、それは本気ではない。相手を牽制するつもりだった。

「菊馬様は、源五郎さんの娘、お竹にも手を出してた。いわば、自分と仕事と繋がりの深い相手ふたりの娘を、両天秤にかけていたってわけだ……お偉い人の許嫁であるにも拘わらず……」

佐々木は、お竹のことは知らないから、少し驚いた目になって、

「菊馬がそんなことをして何になるんだ」

と訊き返した。

「知りませんよ。そういう性癖があるんじゃありませんか。とにかく、私は誰も殺してなんかいません」

「黙って聞いてりゃ……！」

思わず立ち上がった佐々木の方が興奮していた。また摑みかかりそうだったので、とっさに錦が声をかけた。

「清左衛門さんは嘘をついてませんよ」

「なに……」

振り返った佐々木と同時に、吟味方与力たちも錦を見やった。

「どうして、そんなことが分かるのだ」

「隠し蔵のことは正直に認めました。それから後は、脈拍も呼吸も落ち着いてます。嘘をつき通して、殺したことを隠しているなら、これほど気持ちは穏やかではないでしょう。むしろ、娘さんのことが気がかりで、菊馬様の話も自ら出したのでしょう」

清左衛門は錦とは初対面だが、番所医だと知り、地獄に仏を見た思いだったのか、微かに微笑んだ。

だが、次の錦の話を聞いた途端、顔色が変わった。菊馬の母親のことだ。

「菊馬様のお母さんにも会いました……かなりの苦労人のようで、目も患っております。菊馬様がお金が必要なのだとしたら、その治療代とか薬のためではないでしょうか」

錦が簡単に佐枝の事情や現状について話すと、清左衛門は噛み殺したように笑っていたが、次第に大笑いになった。

「——何が可笑しいのだ」

吟味方与力の藤堂が制すると、清左衛門は申し訳ないと謝りながらも、

「与力様も同心の旦那方も、どうかしている。あはは……あの女のことを、そんなふうに思っているのですか」

と大笑いした。

錦たちは唖然と見ていたが、清左衛門は腹の底から、侮蔑したように続けた。

「私のことを人殺しと決めつけたり、菊馬や母親のことを、憐れで可哀想だと勘違いしたり……だから、私を下手人だと間違ったりするのです」

初めて菊馬のことを呼び捨てにした。

何か曰くありげに、町奉行所の探索がまったくの的外れだとバカにした。その言い草に、錦も面食らった。

「どういうことだ。ちゃんと説明しろ」

戸惑いながらも佐々木が言うと、清左衛門は笑いを堪えながら、

「菊馬の母親はね……佐枝は、この私にすら色仕掛けをしてきたんですよ。目病だって体はちゃんとしているってね……年増のくせに意外と艶っぽいですけど、私は御免でしたね……はは、要するに金が欲しいんです……そういう女なんです。分かりますか、ねえ、皆さん……あはは」

錦もどう答えてよいか分からなかった。清左衛門の方が、常軌を逸しているのかもしれない。そんな思いに錦は囚われていた。

六

奉行所内をうろうろと歩いている錦を、井上は追いかけてきて叱責した。

「これこれ、女が勝手に……これ、駄目ですぞ、駄目です」

困り果てている井上だが、相手は女であるし、羽交い締めにするわけにはいかぬ。

もちろん、このような〝不埒〟なことは、錦とて滅多にしないことだから、内役の与力や同心たちも何事かと、鶴のように首を伸ばして見ていた。

「如何した、井上」

背後から声がかかって振り返ると、廊下に遠山左衛門尉が立っていた。

「あ、お奉行……実は、八田錦が……」

「〝はちきん〟がどうした」

「ええと……調べたいことがあると、あちこちに……あ、いない……いなくなった。まったく、もう」

狼狽する井上を、遠山は苦笑して見ながら、自分の御用部屋に呼びつけた。何事かと恐縮しながら追従すると、

「小笠原菊馬のことだがな……」

と、いきなり菊馬の話を持ち出した。

「はい……まだ復職はしておりませぬが、体の方は至って壮健と、錦先生は話して

おりました。ただ、やはり河豚毒に当たったことで、心の方がどうも……」

説明をしようとする井上に、遠山は困ったような顔で、

「おまえの耳には入っておらぬのか」

「はあ……」

「大工源五郎は河豚毒ではなく、明らかな毒殺。定町廻りでは、そう断定しておるが」

「あ、いえ、私は何も……まったく、佐々木め、どうして私に……」

恥を掻かされたとばかりに、井上は悔しがったが、遠山は佐々木を責めるでないぞと念を押してから、

「おぬしは年番方。殺しについては、奴らに任せておけ。それよりも、小笠原菊馬について調べて欲しいことがある」

「何か粗相でも……あ、いや、棟梁が毒殺されたということは、もしかして菊馬も狙われていたということですか」

「その話とは関わりない。いや、あるかもしれぬが、菊馬と母親のことを改めて調べて欲しいと、大久保様からな」

「大久保様……一橋家家老の……」

「さよう。小笠原については、俺が後見人扱いされておるゆえな、目付や徒目付などにも手を借りて調べていたのだが、腑に落ちぬことが幾つか出てきた」

「腑に落ちぬこと……お奉行がそこまで感じるということは、余程のことなのでしような。一体、どういう……」

胸騒ぎがしたのか、井上は神妙な顔つきになって、遠山を見つめた。

「うむ……」

遠山は手文庫に入っていた文を取りだし、井上に手渡して、

「目付からの報せだ。そこに書かれておるが、菊馬の母親、佐枝のことだ。大坂の『難波屋』という廻船問屋の娘だった……とのことだが、それは嘘だ」

「嘘……」

「たしかに『難波屋』という廻船問屋は、二十何年前に潰れており、佐枝という娘もひとりいたが、一家心中で死んでおる」

「ええっ！」

眉間に皺を寄せて言う遠山と、報告の文を見比べながら、井上は考えた。

「ということは、別人ということですか」

「死んだはずの佐枝が、菊馬の母親として生きてきたのか、あるいは別の誰かが佐枝と名乗っているのか……その辺りは、まだ目付が探っておる」

「そうだったのですか……」

「ただ、佐枝の話もまったくの嘘ではないかもしれぬ」

「……と申しますと」

「その『難波屋』には、お才という奉公人がいて、他の小さな商家の娘だったが、その店も闕所になったものだから、『難波屋』に雇われていたとのことだ……佐枝とお才……名前がちと似てるものでな、少々、気になった」

「たしかに……では、お奉行は、このお才という女が、佐枝だとお思いなので」

「あるいはな」

「では、私も早速、調べてみます」

立とうとする井上を、遠山は待てと止めた。

「慌てるな。まだ話はある」

「これは、申し訳ありません……錦先生のことも気になりまして」

遠山は勝手にさせておけとでも言う顔で、話を続けた。

「お才は『難波屋』が潰れてから、他の店に移ったようだが、長続きせず転々として、二十年程前に、江戸に来ておる」

「この江戸に……」

「分かっているところでは、日本橋の縮緬問屋『丹後屋』、蔵前の札差『常陸屋』、神田の漆問屋『加賀屋』……で下女として奉公している。江戸に来た頃には、すでに菊馬は八歳くらいになっていたはずだ」

「でございますね……育ち盛りの子のために懸命に働いたというところでしょうか」

井上が同情めいた声になったが、遠山の目は冷静なままで、

「だがな……その三軒の大店の主人は、揃いも揃って死んでいる。丁度、お才が奉公していた頃にな」

「え、ええ……！」

「縮緬問屋は、坂道を物凄い勢いで走ってきた大八車に撥ねられた事故。札差は酒に酔っ払って大川で溺死。漆問屋はその頃、流行っていた辻斬りに遭った……いず

れも突然の非業の死といってもよかろう」

「そういえば……そんな事件や事故があったような……」

記憶を手繰り寄せると、井上にも覚えがあるようだった。その表情がハッとなり、遠山を改めて見やった。

「もしや、お奉行は、このお才が……もしかして佐枝が、この商人たちの死に関わっていると考えているのですか。でないと、かような話を私にしませんよね」

わずかに興奮する井上を、遠山は制しながら声を低めて、

「例繰方などに改めて調べさせて、それらの事件を洗ってみてくれ。万が一、お才なる女が佐枝ならば、大久保様にもお伝えせねばならぬのでな」

「は、ハハア……」

井上は身震いしながらも、遠山に平伏するのであった。

奉行所内をうろついていたはずの錦は、再び棟梁・源五郎の家に来ていた。

出入りする者はまだ少ないが、残された者たちが、お竹を支えるように世話をしたり、普請仕事に出向いたりしていた。

帳場の辺りでぼんやりしているお竹が、錦の姿を認めて、少し和らいだ顔になった。

「錦先生……」

立ち上がって出迎えようとしたが、錦の方から近づいて、

「ちょっと、いいかしら。源五郎さんのことで……」

「あ、はい……」

お竹はまだ厄介なことが残っているのかと不安な表情に戻った。が、先日、色々なことを話したせいか、信頼した目で奥に招いた。錦は仏壇に線香を手向けてから、

「まだまだ大変なときなのに、ごめんなさいね」

「いえ……もしかして、お父っつぁんのことですよね……河豚に当たって死んだんじゃなくて、殺されたかも……って」

意外なことに、お竹の方から言った。錦は驚いた顔をしていたが、

「うちも、こういう仕事をしてますから、何処かから噂は入ってきます……そのことで、『辰巳屋』さんの旦那様も番所に呼ばれたとか……本当のところは、どうなのですか」

と年の割にはしっかりした態度で訊いた。

定町廻りではまだ秘密の探索のはずだが、何処で洩れたか、人の噂とは怖いものだと錦は改めて思った。もっとも、清左衛門当人が身近な者に話したことは、充分に考えられることだ。

「もし、お父っつぁんが誰かに殺されるとしたら……」

「えっ……」

「菊馬様だと思います」

あっさりと言ってのけたお竹を、錦は不思議そうに見ていた。先日は、一橋家家老の娘との婚姻に不利にならぬようにと願っていたのに、まったく正反対の態度だからである。

「錦先生も、そのつもりで来たのでしょ。菊馬様の本当の姿を知りたくて」

「ええ、そうです。合わせて、菊馬様のお母様のことも、お竹さんが知っている限りのことを、教えて貰えば……何度も、お竹さんとは会ってるのでしょ。目が不自由だから、介助をしていたと近所の人にも聞きました」

「はい……」

「本当のことを明らかにすることが、源五郎さんの供養になると思います」

励ますように錦に言われて、お竹は改めて決心をしたのか、小さくコクリと頷いた。

「――この前、お話ししたお父っつぁんと菊馬様の喧嘩には、実はその前段階があります……もっと酷いことというか、とんでもないことが分かっていたので、お父っつぁんは私と一緒になることは、絶対に嫌だったんです」

「それはもしかして、佐枝さんのことですね……昔、勤めていた『丹後屋』『常陸屋』『加賀屋』などのこと……」

錦が店名を並べると、お竹は吃驚したように目を丸くした。

「どうして、そこまで先生が……」

「地獄耳なんです。でもって、何でも自分で確かめないと気が済まない気質ですから、定町廻りは元より、例繰方や町会所掛り、問屋とは深い関わりの市中取締諸色調掛りなどの与力に調べて廻りました」

おそらく鼻の下をでろんと伸ばして、みんな〝情報提供〟をしたのであろう。錦はそれをもとに考えた末、お竹が最も菊馬と親密であったのだろうと感じていた。

少なくとも『辰巳屋』の娘・おみなよりも、関わりが深かったと踏んでいた。

「私が菊馬様のお母様の世話を時々していたのも、初めは菊馬様に気に入られたいがためでした。でも……お母様と菊馬様は、それこそまるで恋人のようで、間に入る隙間なんて、ありませんでした」

「佐枝さんは息子を溺愛していたのですね」

「そうです。まあ、それは世間でもよくあることですが……息子がお母さんをお風呂に入れてあげることまでするのは、なかなかできることではありません」

「……」

「けれど、それが自分を大切にしてくれ、苦労を掛けっぱなしだった母親への孝行だと、菊馬様は言ってました」

錦も菊馬が素直で優しい人間であろうことは、〝達者伺い〟などを通して分かっていたつもりだ。しかし、内向きな態度や表情とはまったく逆の姿も見せる。錦たちの前ではしないが、嵐山の話から、えげつない面もあることは確かだ。

もっとも人なら誰でも大なり小なり裏表はあるであろう。だが、人殺しまでするかどうかになると話は別だ。錦はこれまでも、罪人を〝鑑定〟したことがある。人間には外見からは判断できぬ、得体の知れない恐ろしい内面を抱えている者がいるのも確かだ。

「お母様……佐枝さんは、なぜか私には色々なことを話して下さいました……娘が欲しかったなんてこともね……」

「……」

「自分は苦労するために生まれてきたのかもしれないって、よく話してました……実家は大坂の大きな廻船問屋だったけれど、潰れてしまって、それで小さな菊馬様を連れて、江戸に出てきたと話してました」

細かいところは違う。佐枝はお竹には、本当のことは話していないのであろう。錦はそう察したが黙って聞いていた。

「子持ちの女ですから、奉公できるところも限られてきます。だから、世話になった大店の主人や若旦那に、その……色仕掛けで大金を融通して貰ったりしたようです」

「そうなんですか……」

「自分の恥を、そこまで私に話してくれるのですから、よほど信頼してくれているのだと思いました。実の娘みたいだと言ってくれてました。でも……」

お竹はわずかに悔しそうに唇を噛んで、

「お父っつぁんは違いました……佐枝さんのことを〝売女〟と罵りました。大店の『丹後屋』『常陸屋』『加賀屋』のどの主人も、お父っつぁんは仕事を通して、よく知ってました……その三人の死に、佐枝さんが関わっていると言い出したのです」

「関わっている……」

「証拠があるわけではありません。でも、佐枝さんが奉公して、そういう関係にあった旦那がみんな死んで、幾ばくかの金も佐枝さんに渡していた……だから、お父っつぁんは、佐枝さんを、薄汚い売女と罵り、旦那たちを殺したのも佐枝さんだろうと言い出したのです」

泣きながら、お竹は話し続けた。まるで自分の罪であるかのように慟哭している。

「お父っつぁんがそんなふうに罵ると、さすがに菊馬様もカッとなります。『母上のことを悪く言うな』と今にも刀を抜きそうになったこともあります……でも、お父っつぁんもああいう人だから、『斬れるものなら斬ってみやがれ。その前に、おふくろのことはぜんぶ、一橋様にバラしてやらあ』なんて、挑発する始末です」

「それで、どうなったのですか……」

「ええ、その場は収まりました。でも、お父っつぁんは、あんな人間は許せねえ。白々しく立派そうな仮面を被ってるが、いつか俺が引っ剝がしてやるって、息巻いてました……それでも、自分の仕事に、菊馬様は利用できる男だと思ってたようです」

そこまで話すと、お竹は長くて深い溜息をついた。

自分が聞きたがったとはいえ、悪いことを吐露させたと錦は感じた。しかし、これで、少なくとも菊馬が源五郎を殺す動機はあると確信した。

すぐそこに、一橋家家老の跡取りになる手立てがあるのだ。なのに、それを潰されるかもしれないからだ。

「ごめんなさいね、お竹さん……嫌な思いをさせてしまいましたね」

「いいえ……後は、菊馬様が正直に話して下さるかどうかです……私は信じてます」

お竹が信じていると言ったのは、罪を犯しているのか、無実なのか、どちらの意味か測りかねた。

錦は静かに頷くしかなかった。

七

小笠原菊馬が、年番方与力詰所に来て、井上に辞表を出したのは、その翌日のことだった。瀟々と雨が降っており、梅雨でもないのに嫌な湿気に奉行所中が包まれていた。

あまりにも突然なことなので、井上は引き止めたが、菊馬は相当の覚悟を決めてきたのか固辞し続けた。

——母親の看病をする。

というのが理由だった。それでも、井上は何度も引き止めた。

「〝はちきん先生〟……あ、いや錦先生の診断では、もう充分に復職できる体だと聞いておるぞ。早まるでない」

「有り難き幸せ。しかし、これ以上、ご迷惑をおかけしては……私ひとりのことで、町奉行所の職務に支障があっては困ります」

「さようか。そこまで言うなら致し方ないが……来たついでだ。吟味方の用事部屋に顔を出していくがよい」

「吟味方……」

「行けば分かる……おまえの大切な門出ゆえな」

菊馬は嫌な予感がしたが、井上に一礼してから、詮議所が並ぶ奥にある吟味方与力の詰所部屋に行った。そこに至る廊下が、異様なほど長い気がしたのは、体にまとわりつく湿気のせいだった。

声をかけて部屋を覗くと、十二畳程の座敷には先客がおり、奥には吟味方与力の藤堂逸馬が座していた。年は菊馬よりも三、四歳上なだけだが、これまで多くの重要な事件を解決しており、年配の与力も一目置いている存在だった。毅然とした顔つきや物腰はまさに吟味方に相応しかった。

傍らには、紋付き羽織姿の中年侍が、神妙な面持ちで座っていた。何処かの家中の者に違いないであろうが、菊馬の顔を見ると軽く会釈をした。

思わず菊馬も頭を下げて、辞表を提出したことを告げようとすると、藤堂が手招きをして中に誘った。違和感は否めなかったが、菊馬は従って座敷に入ると、中年の侍が名乗った。

「お初にお目にかかります。大久保忠恒の家臣、沢田尚之介(さわだしょうのすけ)でござる」

「大久保様の……これはこれは……」

菊馬もすぐに座して、改めて深々と頭を下げると、すぐに沢田が言った。

「実は前々より、遠山様にもそこもとの身上や素行を尋ねておったのだが、一橋家家老のご息女清姫様のお相手のことですから、悪く思わないで頂きたい」

「恐縮至極にございます。清姫様にはなかなかお目にかかれませぬが、無事息災でございますでしょうか」

「至って壮健でござるが、そこもととは文のやりとりだけで、会えぬのが切ないそうだ。なかなかの好青年、お奉行や年番方与力からも、定橋掛り同心としての職務は優れたものがあるとの評判。安心仕った」

「とんでもないことでございます。以後、お見知りおきの程、宜しくお願い致します」

丁寧に菊馬も挨拶をすると、藤堂が穏やかだが凜とした声をかけた。

「最後に少々、聞いておきたいことがあります」

「――最後に……」

辞表を出したことは知らないはずだがと、菊馬は思ったが、黙って聞いていた。

「実は私も町人の出でしてね、代々、吟味方与力を務めている藤堂家に養子として入ったのが、町奉行所に奉公するキッカケです」

「藤堂様も……そうでしたか」

「しかも名前も菊馬に、逸馬……とても他人とは思えぬ。私は婿養子ではなく、子供がいないので養子になったのだが、色々と気苦労もある。養父母とはいえ、細かいことにうるさいですからな。でも、立場上、絶対に逆らえません」

少し場を和ませながら、藤堂は言った。だが、次の瞬間、菊馬は凍りついた。

「大工棟梁・源五郎は、鉛による毒殺だと判明した」

「えっ……！」

「そうですよね、錦先生」

と藤堂が奥の小部屋に声をかけると、そこにはきちんと正座をした錦がいた。いつもの冷静な顔である。だが、この場にいることに不自然さを感じたのか、菊馬は軽く頭を下げただけだった。

「はい。間違いありません」

　錦が答えると、藤堂は頷いて、菊馬に向き直った。

「そこで、おぬしにも確かめたいことがある」

「私に何を……でございますか」

　菊馬が聞き返すと、藤堂はじっと相手を見据えて、

「毒殺と聞いて、気にならぬか。おまえも狙われたということだ」

「あ、はい……ですが、私はこのように無事だったんで……てっきり河豚のせいだと」

「河豚毒ではなく、鉱毒だと判明したので、定町廻りの佐々木らは、密かに探索しておったのだ。そこで、源五郎は死んで、おまえが助かったのは何故か考察した」

「それは、私の飲んだ毒が少なかったからかも……棟梁は何杯も河豚ザクを食べておりましたから……」

「その通りだ。源五郎は人のまで食っていたらしいな。おまえのも……」

「はい。寄越せと取り上げられました」

「その中に、鉛毒が混じっていた」

「えっ……ということは、私が狙われたということですか……一体、誰に……！」

狼狽する菊馬に、凝視していた藤堂は明朗な声で言った。

「おぬしは誰にも狙われておらぬ。狙いは、源五郎。そして、毒を盛ったのは、誰でもない。他ならぬ、おぬしだ」

毅然と断言した藤堂を見て、菊馬の顔色が俄に青ざめた。傍らの沢田も冷静にその表情や態度を窺っている。

「な、何をおっしゃいます……どうして私が棟梁を……」

「おぬしは、深川銭座の後にできた銅吹所に足を運んで、鉛を手に入れておるな」

「……」

「銅吹き会所の番人が証言しておる。さらに源五郎とは、娘のことやおぬしの母親のことで何かと拗(こじ)れていたようだな。ついでに言うと、『辰巳屋』の娘、おみなのことも厄介になっていた。大久保家に入るためにな」

藤堂の言葉に、菊馬はしばらく沈黙していたが、情けないという顔になって、

「なぜ、そんなことを言い出すのです……銅吹所に限らず、私のような定橋掛りはあちこち見廻りに行きます」

「……」

「たしかに源五郎さんとは、よく喧嘩をしましたが、親子喧嘩みたいなものです。だから、お互い罵っても翌日にはケロッと……そのことは、お竹もよく知ってます」

菊馬は必死に言い訳をした。

「女たらしだの何だのと噂されてたのは、自分でも承知してます。たしかに、おみなやお竹には迷惑をかけたかもしれない。正直に申しますと、たしかに清姫との縁談には邪魔に思いました。でも殺しなんて……それが理由で殺しをするのなら、おみなやお竹でございましょう。なぜ、私が棟梁を……！」

「お母さんのことを罵られたからでしょ」

横槍を入れるように、錦が強く言って、菊馬を睨みつけた。

「あなたにとって一番の厄介事は、お母さんの昔のことを知られることでした。違いますか」

「……」

錦の追及に続けて、藤堂が菊馬に詰め寄った。

「奉行所の調べで分かっているだけでも、三軒の大店の主人と深い仲になり、金を手にしたのはいいが、相手は皆、不審死を遂げている……むろん、いずれも事故や辻斬りだが、〝くらがり〟に入ったものもあるので、改めて奉行所で調べているところだ」

「そんなことは……」

関係ないと菊馬はポツリと言った。そして、自分は源五郎を毒殺などしてないと言い張ったが、藤堂は険しい表情のまま、

「同じような手口が間違いの元だったな」

と引導を渡すような口ぶりで言った。

「え……」

「清姫を救ったのは、暴漢に襲われたからだな。その際、おまえは左腕を負傷したが、実は大した怪我ではないのに、重傷を装っていた。その時に治療した町医者に、確認をしており、錦先生もおまえの左腕は今はまったく問題はないと言っている。なのに時折、人には不自由だと見せかけておるな」

「……」

「源五郎に飲ませた毒も、おまえは微量は飲んだようだが、錦先生の調べによるとほとんど痕跡はない。つまり、自分も河豚毒に当たったと芝居をしただけだ」

断言する藤堂に、菊馬は苛ついたように、

「どうして、決めつけるのです。藤堂様らしくない。何か確たる証拠があるのですか」

と逆に詰め寄った。

その時、襖が開いて、次の間から佐々木が顔を出した。ここは詮議所に繋がる小部屋である。佐々木の隣には、佐枝が俯いて座っていた。

「お、おふくろ……！」

思わず菊馬は腰を浮かせて声をかけた。すると佐枝は深々と両手をついて、

「この度は、大変、ご迷惑をおかけ致しました。すべては私の不徳の致すところでございます。どうか、ご勘弁して下さい」

と謝った。

「俺は何も悪いことはしてない。おふくろが謝ることはないよ」

優しく声をかけたが、佐枝は首を横に振りながら、

「一切合切を、佐々木様にお話し致しました。私は『難波屋』のような大店の娘ではないし、ただの奉公人でございます。父親は小さな油問屋なんぞはしておりましたが、潰れても取るに足らない店でした」

「おふくろ……」

「奉公先の『難波屋』で、私は……私は若旦那に手籠めにされて、その子を孕みました……でも、産んだことを後悔なんかしたことは一度だってありません……頭も良く、しっかり者で、心根の優しい子です。私には勿体ない子です」

佐枝は見えない目に涙を浮かべながら、切々と語った。

「でも、女手ひとつで育てるのは大変です。子連れで大店に奉公しても肩身が狭く、他の奉公人には虐められることが多かったです。時には、旦那様の言いなりになって、この身を……」

言葉を詰まらせたが、佐枝は必死に続けた。

「でも、給金だけでは苦しい……ですから、棟梁に〝売女〟と罵られるようなことも、うう……大店の旦那を色仕掛けでと言われても仕方がありません……でも、菊馬にだけはきちんと学問をさせ、人様の役に立ち、世間から後ろ指さされない人間に育って貰いたかったのです……」

藤堂や沢田、佐々木や錦たちも同情の目で聞き入っている。佐枝は時々、唇を嚙むような仕草をしながら、

「町方の小笠原様に縋ったときも、周りには色々と噂されました。でも、御家人株がどうしても欲しかった……お陰で、菊馬は一端の同心になることができ、一橋様の御家老にご縁も……」

「だがな、佐枝……」

藤堂は優しく諭すように、

「過酷なことを言うが、清姫に近づくために、菊馬はならず者に金を握らせて襲わせ、助けるふりをした。いくら出世したいからといって、これはならぬ」

「――はい……」

「ましてや、母親の昔のことがバレてはと恐れ、源五郎を毒殺したのは、人でなしの所行であろう。それだけではない」

毅然と言った藤堂の言葉に、沢田は驚いて目を向けたが、佐々木と錦は承知しているのか、平然と見守っていた。その佐々木に、藤堂が頷いて、話せと命じた。

「実は、昔の事件を調べたところ、佐枝と関わった大店の主人たちの死には、いずれも不審な点があるので、鋭意調べているところですが、いずれも……菊馬の仕業であることを明らかにしとう存じます」

佐々木がそう断言したとき、佐枝が前のめりになって必死に訴えた。

「違います。『丹後屋』の主人・徳兵衛さんも、『常陸屋』の光右衛門さんも、『加賀屋』の儀兵衛さんも、すべて私が手を下したのでございます。菊馬は何も知らないことです。どうかどうか、きちんとお調べ下さい。此度の棟梁のことも、何かの間違いです。人殺しなんて、できる子ではありませんッ」

「それは通らぬぞ」

藤堂はキッパリと言った。

「三人の商人が事故や辻斬りに遭ったとき、おまえはいずれも奉公中であった。時の調べは南町だが、すべて奉行所の捕り物調帳に残されておる」

それを聞いていた菊馬は、「ふん」と大きな溜息をついて、膝を崩した。

「なんだい、なんだい、この茶番は……いっつもそうだ。俺たち母子を寄ってたかって虐めやがる。俺たちが何をしたってんだ……貧しい者が金を欲しがったらいけねえのか。偉くなろうとしたら、そんなに邪魔なのか……俺は、おふくろがあまりにも可哀想で、世間を見返したかっただけだ！」

じっと見つめている錦を、菊馬は鋭い目つきで振り返った。

「おまえもだよ、女医者……したり顔で俺を犬か猫みたいに見下しやがって、おふくろやお竹に近づいて粗探しかよ……そうやって、人の昔を暴いて、ささやかな幸せを邪魔するのが、番所医の仕事なのか」

八つ当たりもいいところだが、源五郎が河豚毒で死んだのではないと、真っ先に検屍したことに腹が立っているのだ。

「今度は、お母さんのせいにするのですかッ。自分の出世のために人を殺した。それが、お母さんのためだったと言い張るのですか」

思わず錦は語気を強めて、

「そんなあなたでも、お母さんは庇っているのですよ」

「うるせえ！」

「もういいよ、菊馬……」

佐枝は静かに止めた。

「この女先生はね、私の目が治るからって、将軍様を診るような名医を紹介して下さったんだ」

「知るか……」

「もしかしたらだけど、またおまえの顔を見られるかもしれない……その時はまた……一緒に暮らしたいよ……ねえ、菊馬……できることなら、もう一度、おまえの顔をこの目で……」

手探りで這うように進む佐枝に、思わず菊馬は近づいた。佐枝は愛おしそうに、小さな子供にするように、菊馬の頰を撫でた。

「ねえ、菊馬……おまえはいい子だ……私の自慢の子だよ……」

泣き崩れる佐枝の体を、菊馬は黙ったまま抱きとめていた。

「おふくろ……」

肩を震わせていた菊馬も、やがて堪えきれずに、しゃくりあげて泣いた。

その後――。

菊馬は、その昔の事件も自分がやったと認めた。

母親を慰み者にする男たちが許せなかったのだ。まだ十代の子供だったが、菊馬はそれぞれを事故や辻斬りに見せかけて殺したと、お白洲で白状したのだ。むろん、源五郎殺しも認めた。菊馬は全てを失ったのだ。

それらの事実を聞いた佐枝は、名医の治療を頑なに拒んだ。その胸中や如何ばかりかと、錦は辛くなった。

晴れ間が出ない空を、錦がぼんやりと見ていると、井上が入ってきた。

「よ、お隣さん」

年番方与力詰所の奥だから、そう呼んだのだが、いつになく錦の表情は曇っている。井上も事の顚末は承知しているが、特に菊馬のことに触れもせず、

「錦先生……近頃、どうも小便が近くてね……席を立ってばかりなんだ……頻尿に効く良い薬を処方してくれんかね」

「え……なんです……」

「だから、その……小便が……」

「厠なら、向こうじゃないですか」

「そうじゃなくて……つまり、その……あまり考えすぎない方がいいぞよ」

井上は錦の前に座り込んで、短冊を一枚差し出した。そして、勝手に錦の文机に

置いてある矢立で書き始めた。

「正義とは正しい筋道である。情とは人への思いやりのことである。情のない正義も、正義のない情も、あってはならない」

「はあ？」

「〝はちきん先生〟は、何ひとつ間違ったことはしておらぬ。女々しいのは似合わぬ。もしよかったら、今度、一緒に鰻でも食べに行こうではないか」

鰻を食う仲とは、男女の深い仲のことを指す。それくらい錦も知っているが、

「結構です。鰻は嫌いですので」

と、にべもなく断るのだった。その態度を見て、井上は「これなら大丈夫、大丈夫」と呟いて詰所に戻っていった。

錦が見上げる曇天の空に、ほんのわずか晴れ間が広がってきた。

第四話　罪の影

一

牢屋廻り同心・矢沢淳三郎に従って、八田錦が小伝馬町牢屋敷を訪ねたのは、座っているだけでも汗みずくになる猛暑日だった。

このような日に処刑があるという。死刑には軽い方から、下手人、死罪、獄門、磔、火罪、鋸挽という六種類がある。処刑が残酷なほど罪が重いのだが、結局は殺されるのである。

人殺しのことを〝下手人〟と呼ぶが、同じ文字でも刑罰の方は、斬首刑、つまり打首のことである。獄門や磔に処される人殺しや押し込み強盗などの凶悪犯とは違って、今でいえば〝過失致死〟でも下手人の刑に処せられることもある。

獄門や磔が、市中引き廻しの晒し刑を加えられて、鈴ヶ森や小塚原の刑場で公開処罰にされるのに対し、牢屋敷内の「切場（きりば）」という処刑場で密かに殺される。

死罪が、斬首の後に体を〝様斬り（ためしぎり）〟にされるのに比べて、首を落とされるだけだから、

――刑が軽い。

と判断されるが、罪人にとっては死刑に変わりはなく、万が一、冤罪であれば取り返しのつかぬことになるのだ。

この牢屋敷内での打首に、今から、錦は立ち合わされる。何度か経験はあるものの、決して気持ちのいいものではない。

「私は、獄医ではありませんよ。ふつうは小石川養生所から出向いてきますよね。どうして私なんかを……」

錦が不満を漏らすと、矢沢はやはり鼻の下を伸ばしながら、

「養生所医には急患があるらしく……それに、お奉行からのご指名です」

「冗談じゃないですよ。そりゃ何かあれば検屍はしますけれどね、処刑に立ち合わされる謂われはありません。それに今日は、私も用事があったのです」

文句を垂れている間に、矢沢と錦は牢屋敷の表門に着いた。

処刑は昼間にすることもあるが、夜中に行われることがある。どちらの刻限を選ぶかは、その時の役人の都合である。

今日はまだ昼過ぎなので、町中は大勢の人々が往来しており、この賑やかな中で密かに処刑が行われることが、錦には何となく理不尽に感じていた。たとえ罪人であっても、人の命を奪うのに、厳かな雰囲気も何もないからである。

錦たちが到着すると、表門を入ったらすぐにある牢屋改番所にて、牢屋奉行の石出帯刀（いしでたてわき）をはじめ、処刑をするため諸掛りの役人が打ち揃っていた。

石出帯刀は世襲である。初代は家康ゆかりの三河出身で七百石の旗本だったが、今は町奉行支配の囚獄で、役高は三百俵十人扶持の与力に過ぎない。牢屋奉行という名称は俗称であって、不浄役人という理由で江戸城への登城も許されていなかった。

町奉行所とはまったく違う陰鬱とした雰囲気の中で、さらに蒸し暑さも重なって、居並ぶ役人たちも苛々している様子だった。

西大牢から、鍵役同心に縄に縛られて連れてこられたのは、小柄な細身の男で、いじけたような顔つきだった。処刑が迫っており、始終おどおどしていたが、役人たちは同情の欠片もなく見ていた。早く仕事を済ませたい――と考えているようにさえ見えた。

小柄な罪人は、ガクガクと骨が鳴るほど震えていた。鍵役同心は飼い犬でも叱責するように、「静かにしろ」と命じた。鍵役同心は鋭い目つきで、無駄がまったくない体つきをしており、いかにも囚獄らしい態度だった。

「本所みみずく長屋の大工、嘉吉、三十歳に相違ないな」

石出帯刀が自ら声をかけた。だが、嘉吉と呼ばれた男は、震えて声にならなかった。

「相違ないな」

繰り返したが、「はい」とも「違う」とも分からぬ声で震えているだけだった。

だが、鍵役同心は、「間違いありませぬ」と代わりに答えて、「そうだな」と嘉吉に向かって念を押した。

その前に、慣れた態度で立ったのは矢沢淳三郎で、町奉行からの検使として、懐から出した宣言文を出すと、

「大工嘉吉。人を殺したる罪により、打首に処す」

と言い渡し、日付と北町奉行・遠山左衛門尉景元の名を告げた。

すぐさま牢役人らが立ち合いのもと、打役（うちやく）四人が先導して、「切場」に移動しようとすると、

「やめてくれ……俺は殺しちゃいねえよ……喧嘩になって突き飛ばしたら、相手が勝手に掘割に落ちて、船杭で頭を打っただけじゃないか……最初に突っかかってきたのは向こうだ……熊みたいなでかい奴で、俺あ怖かっただけだ……」

と嘉吉は必死に言い訳をした。

だが、誰も聞いてはいない。それでも下手人に相当するし、お白洲で決まったことを、囚獄たちがあれこれ穿鑿（せんさく）することもない。与えられた命令を淡々とこなすだけである。

嘉吉は斬首場に引かれていき、入り口の所で目隠しをされた。そして、半紙を二つ折りにしたものを細縄で頭の後ろに結ばれた。そして、捕縄で縛られたまま「切場」の前の筵に、着物を膝まで捲られて座らされた。

「やめて……やめて……」

抗おうとするが、中間や下男らが押さえつけ、肩に掛けてある縄を切る、そして

首を下げて着物の衿を脱がせて、両肩を露わにし、さらに顔に手を当てて首を伸ばさせる。

その傍らには、様斬り御用の山田浅右衛門（やまだあさえもん）が控えており、「まだだぞ」と声をかけているが、言い終わらぬうちに、スパッと切り、首の皮一枚だけ残して、処刑を終えた。

役人たちはすぐに、死体から流れ出る血を、「切場」の前にある血溜まりに、せっせと流して始末をする。まさに流れ作業であり、まるで鶏でも殺すかのような、あっさりとした処分だった。

それらを目の当たりにしていた錦は、気を失いそうになった。強い精神の持ち主とは思っているが、罪人とはいえ、人が人を殺すのである。自分の方がおかしくなりそうだった。

錦が確認するまでもなく、明らかに嘉吉は絶命していた。錦はしばらく瞑目して、町奉行に間違いなく処刑が終わったことを伝えるよう、矢沢に言った。

その様子を見ていた鍵役同心は、ふたりに向かって軽く頭を下げた。ご苦労様ですという態度なのだろうが、錦には何処か違和感があった。説明のしようがない嫌な気分だが、時に錦には起こるのだ。

――何処か変……何かが違う。

という虫の知らせでしかないが、錦も挨拶を返した。

すると、鍵役同心は一仕事終えて安堵したとばかりに、気楽に声をかけてきた。

「八田錦先生ですか。お初にお目にかかります」

「あ、はい……初めまして」

「拙者、鍵役同心の久門（くもん）幸之進（こうのしん）という者です」

鍵役同心とは、牢の鍵を保管して囚人の出入りの一切を取り仕切る、五十人程いる牢屋同心の中では、最も重責のある役職である。禄高も高かった。その下には、小頭、数役、打役、世話役、書役、平番、賄役などがいて、指揮命令していた。

「久門様、でございますね……」

「様と言われる程の身分ではありません。ご覧のとおり、まだ若造です」

とはいっても、錦よりは随分、年上に見える。囚獄という神経が磨り減る仕事をしているから老けているのであろうか。

「ついでと言っては申し訳ありませんが、ちょっと女牢の囚人を診て下さいませぬか」

久門が頼むと、矢沢はそうしてやりなさいと半ば押しつけるようにして、自分は先に帰った。得体の知れない森の中に、置き去りにされたかのような気持ちになった。錦のそんな内心を察したのか、

「——たしかに、不気味ですよね……この牢屋敷の壁の中は、まっとうな人間が誰ひとりとしていないのですから」

と慰めにもならぬ言葉を、久門は吐いた。その言い草にも違和感があった。だが、実際に牢内からは、気味悪い足掻くような、叫ぶような声があちこちから上がっていた。

「囚人たちの声です。私たちには慣れっこですがね」

女牢は「揚屋（あがりや）」というのだが、そこにいる美咲（みさき）という女を、久門は呼びつけた。年頃は久門と同じくらいであろうか。

牢部屋は二重に仕切られており、外格子の中に入ると、内格子がある。表間口は五十二間二尺五分、奥行き五十間あるという一町四方の敷地で、三方は土手で固められ、その内側は堀で囲まれている。七尺八寸という高い練り塀には、忍び返しが

ついており、侵入や脱獄を防いでいる。中には常に四百人余りの囚人がいるための仕掛けであった。

浅黄色の囚人服の美咲は、外格子の内側で正座をしていた。久門に命じられるまに、手を差し出した。脈を取ると、少し不整脈の気があり、異様なほど痩せていた。

「こいつはね……八丈島に遠島なんだが、流人船がいつ戻ってくるか分からないんだ。その前に、死んでしまうかもしれない……実は、胃の腑に悪い出来物ができていて、そう長くないと、獄医に言われてるんだ」

「そうなのですか……たしかに血色は良くないし、脈拍も弱いですね」

「かといって、獄中で充分な治療は受けられない。先生、何かいい薬があったら、処方してやってくれないかな」

女囚に気遣うように言う久門に、錦は自分の持ち場ではないからと断った。その代わり、小石川養生所医の松本璋庵は師匠に当たる人だし、他にも難病の医師を知っているので善処はすると約束した。

「そうですか……じゃ、そういうことで、宜しくお願い致します。遠島といや、終身刑だ。そんな奴のことはどうでもいいんだが、ここにいる間には、精一杯のことはしてやりたいんでね」

情け深い物言いをしたが、先程の嘉吉という打首になった罪人には、非情なほどあっさりとした態度だった。その違いにも、錦は違和感を抱いた。

美咲という女囚は、深々と礼をして内格子の奥に戻っていった。この女とは、錦は二度と顔を合わせることはないのだが、少し白髪混じりの髪を束ねただけの、目元の綺麗な顔を忘れることはなかった。

錦は用を済ませると、表門の外に出て振り返った。

改めて見ると、門の高さは武家の門のように高い。これは、馬に乗せて市中引き廻しにするときに潜るからだ。いつ見ても気分の良い風景ではなかった。この牢屋敷が、日本橋の繁華街から程近い所にあるのが、なんとも異様であった。

立ち去ろうとして、今一度、振り返ると門内から、先程の鍵役同心が見ている。

錦は曖昧な感じで頭を下げてから歩き出すと、近くの茶店から、先に帰ったはずの矢沢が団子を食いながら出てきた。

「先生……あいつには気をつけた方がいいですよ。久門です……」

「打首を見た後、よく食べられますね」

「この後はいつも、甘い物が欲しくなるんですよ。先生だって、検屍のすぐ後に、蕎麦とか平気で食べてるではないですか」

「――で、久門様がなんなんです」

「女牢に連れていったのは多分、先生とお近づきになりたいだけだったのだと思いますよ。噂の美女が来たからってね」

「……」

「無類の女好きなんです。それに、なんとも得体が知れないというか……先生も何かを感じたでしょう。優しいのか冷たいのか分からない。私も牢屋廻りですからね、時には一杯どうだと誘うのですが、あの男に限っては、誰ともつるまない」

矢沢は団子を食べ終えて、棒に残っている甘ダレも舌でしつこく舐めながら、

「それが牢屋同心としての矜持らしいが、まったく人づきあいがないというのも、なんだかね……はっきり言って気持ち悪い」

「あなたの食べ方の方が気持ち悪いわ」

「えっ……？」

「自分で言っといてなんですが、人のことを気持ち悪いだなんて、言うものではありませんよ。久門様は死罪の人を扱うことが多いから、きっと何か心に決めていることでもあるのでしょう」

錦はそう答えたものの、胸の奥には得体の知れないもやもやが払拭できないでいた。

二

翌日、体調が優れないという風烈廻昼夜廻り与力が、診察部屋を訪ねてきた。不惑の年だという河本弘兵衛だが、一見して疲労しているように見えた。

風烈廻昼夜廻りとは、風の激しい日における火災予防のために見廻りをする役だ。加えて、付け火犯を事前に見つけたり、範囲を広げて、町場において不穏なことを企んでいる者たちを探索する仕事もある。今で言えば、防犯と公安を兼ねたような職務だ。中には、隠密廻りに報告するような事案を見つけることもあった。

奉行所に出仕する時には、継裃姿でなければならぬが、巡廻の折は着流しに巻羽織のいわゆる町方同心姿である。もっとも与力は、槍持、鋏箱持、若党、そして同心を引き連れての見廻りだった。

一見して、町方役人が見張っていると分かるので、付け火に限らず、盗っ人や騙(かた)りの類もなりを潜めた。かように、定町廻りや臨時廻りに限らず、町々に色々な外役の姿があることで、防犯の機能が果たせていたのである。

しかし、この風烈廻昼夜廻りは意外と過激な役職の割には、与力二名と同心四人という少数である。これが交替で四里四方の〝朱引き内〟を見廻るのだから、大変な労力である。

「――たしかに、かなり疲労困憊しているようですね。数日、休みを取りなさい。小柴胡湯(しょうさいことう)と補中益気湯(ほちゅうえっきとう)を渡しておきますから、きちんと養生して……」

「あ、いや。休めば他の者に迷惑がかかります。近頃、夏場なのに付け火をする輩が増えており、不審火も少なからずあるのだ」

責任感が強いのか、河本は強壮剤のようなものを貰って、非番のときも緊急の事態に備えたいと申し出た。

「でも、それなら、町火消の人たちも常日頃から、充分に見廻ってるはずですよね」

町火消も町奉行支配であり、火事が起きたときに働くだけではなく、防火防犯の役割もある。町火消人足改与力のもとでは、〃いろは四十八〃組の一万人の鳶たちが目を光らせている。

「ですから、何もかもを背負い込むことはありませんよ。休養を取って英気を養うことの方が、御用の役にも立ちます」

錦ははっきりと助言したが、河本としては自分だけが休むことを潔しとしない。こうした過労を自ら招く与力や同心は多く、結果として病に倒れて、人員不足を招く事態にもなりかねない。錦はそっちの方が、町奉行所という組織としては不利益だと考えている。

「まあ、それはそうだが……」

釈然としない河本だが、休めないという理由もあった。これはまだ内密だが、ということで、錦に話した。

「実は……小伝馬町牢屋敷に、〃般若の甚五郎〃という盗賊の頭が捕らえられてる。噂くらいは聞いたことがあると思うが、主に江戸四宿で盗みを働いていた奴で、数日前に捕らえられた」

「いえ、よくは知りませんが、そんな大盗賊なんですか」

「江戸市中に盗っ人宿……つまり隠れ家を抱えてて、泥棒や刃傷沙汰を起こした輩を匿っていたんだ。盗みの方はハッキリとした証拠はないのだが、泥棒を匿ったというだけでも、場合によっては死罪だ」

「盗みを働く人たちにとっては、楯になってくれるような人ということですね」

「そういや格好がいいが、とどのつまりは盗んだ金を幾ばくか吸い上げてる、いわば盗っ人の元締めだ」

「死罪なら、とうに処刑されているはずではないですか」

「いやそれが、まだ判決が出ていない。今月は南町が月番だが、曖昧なところも多いので、後数日様子を見て、北町に裁決を委ねようって魂胆だと思う」

「魂胆て……鳥居様は慎重なだけなのではありませんか」

庇うつもりはないが、錦はそう言うしかなかった。河本は納得したように頷いて、

「ま、うちのお奉行なら気持ちよく獄門を言い渡すと思うが、問題はその前でね
……」

と曰くありげに声を潜めた。

「判決が出る前に、甚五郎を逃がそうと企んでいる奴らがいるようなんだ」

「だったら、石出帯刀様に警戒を強めていただき、奉行所の牢屋廻りにも巡廻を増やして貰えば宜しいのでは」

「まあ、そうだが……甚五郎ってのは、何処にどんな手下がいるか分からない。この奉行所内や牢屋敷にだって、仲間を潜ませているかもしれないからな」

「まさか……」

錦は否定したが、なぜか久門の顔をチラリと思い浮かべた。すぐに消し去ったが、たしかに奉行所にも牢屋敷にも、与力や同心などの役人だけではなく、中間や下役など何人もの人間が出入りしている。盗っ人一味がまったく混じっていないとは断定できない。

「だから、錦先生にも色々と診察がてら、注意しておいて貰いたいのだ」

「あ、はい……」

「こんなことを言いたいために立ち寄ったのではないが、とにかく強壮剤を処方してくれないかな。寝付きも悪くて」

河本がそこまで話したとき、ゴホンと廊下で咳払いがした。

ふたりが振り向くと、隠密廻り同心の佐藤慶樹（さとうけいじゅ）が立っていた。眼光は梟（ふくろう）の如く鋭く、立ち姿はまったく隙がなく、細身でありながら筋骨隆々であることは、着物の上からでも分かった。

「美形の番所医だからといって、余計なことを話すのは如何ですかな」

相手は与力なので一応、丁寧な言葉遣いはしているものの、同心専任職である〝三廻り〟の方が格上の雰囲気すらある。いや、実質は上だった。凶悪犯を探索して捕縛する権限があるからだ。しかも、隠密廻りは、臨時廻りから定町廻りを経て、出世の最高位である。殊に事件探索に関しては、誰も口を挟めなかった。

「――では、先生……後で薬を受け取りにくるから、宜しく……」

河本は軽く礼をして、逃げるように立ち去ろうとしたが、佐藤が声をかけた。

「風烈廻りで、もし何か異変があれば、お知らせ下さい。隠密廻りでも当然、〝般若の甚五郎〟のことは警戒しておりますので」

「相分かった。お互い気が抜けぬな」

横目で佐藤に頷いて、年番方与力にも挨拶をして、河本は門の方へ向かった。

「よっこらしょっと」

わざとらしく声を洩らして、佐藤は両手を投げ出した。体調を見てくれとばかりの態度だが、錦はすでに立っている時の様子から、顔の向き、傾き、肩の上下、脊柱の正不正、骨盤の高低前後などいつものように見ていた。

その視診の後に、触診もしてみたが、体温や脈に問題はなく、頸椎、手首や肘、股間から膝、足首などを触っても異常はなかった。さらに、頭痛がないかと訊きながら、頭重や傾き、後頭部の縁などを圧迫しながら様子を窺った。

「至って壮健。何の問題もありませんね。あるとしたら……」

錦が言いかけると、佐藤はごわついてる掌を自分の胸にあてがって、

「ここかな」

「——そうかもしれませんね。いつも悪い奴ばかり追いかけて、危ない目に遭いながら捕縛をしていれば、心が病みます」

「心が病む……か」

「自分では気付かないうちに、修復できないくらい壊れることもありますので、たまには違うことにも心を砕いて下さい」

「たとえば、先生のような綺麗どころに胸ときめかせるとか」

「私かどうかはともかく、恋をすることは頭が冴え、体に備わっている病に対する力も強くなるのです」

「冷静だねえ……」

佐藤はつまらなさそうに苦笑した。

「ところで、小伝馬町に行ったそうだが、何か変わったことはなかったかい」

「変わったこと……滅多に行きませんので、いつもと何処か違うか分かりようもありません。打首されるところを見るのは、慣れません。そういえば……」

錦は久門のことをまた思い出して、

「久門幸之進という鍵役同心が、女牢の囚人の体を案じておりました」

「女牢の……」

「はい。島流しに処せられるのを待っているそうですが、その前に、重い病で死ぬかもしれないと……私の見立てでは何とも言えませんが、小石川の松本璋庵先生には伝えておきました」

「ふん。どうせ島流しにされる女なんぞ、心配してやる必要はない」

意外にも、佐藤は冷たく言ってのけた。だが、錦は牢屋敷の囚人の健康のありかたには、予てより理不尽に感じていた。そもそも不衛生極まりなかった。昔から、改善をしてきたとはいえ、充分ではなかった。

当番所という監視部屋の東西に、長屋のような牢部屋が連なっており、口揚屋、奥揚屋、大牢、二間牢などに、身分や罪科の重さに応じて分けられて、収監されている。西口揚屋の女牢に限っては、数も少ないことから、武家も町人百姓も一緒に拘禁されていた。

通気があまりよくない所に、大勢が折り重なるように寝起きしているのだから、流行病が起これば、ひとたまりもない。だから、病がちな者だけが入れる牢を作るべきで、松本璋庵も前々から、御公儀に建議書を出しているが、前向きに善処されていないのが実情だった。

その背景には、「どうせ罪人だから」という佐藤のような思いがあったからだろう。だが、牢屋敷には罪人だけではなく、まだ〝容疑〟の未決囚もいる。その者たちは罪人ではないのだから、病人は別棟にするべきであろう。

「だったら、先生が獄医になって助けてやればいい。どうせ無駄でしょうが」

佐藤の言い草は、まさに罪人を人間扱いしていなかった。

「人を殺したり、傷つけたり、赤の他人の人生を踏みにじった奴に情けは無用だと思うがね」

「そうでしょうか。たとえ、死罪になった人でも、処刑されるまでは堅固であるべきです。なぜならば、その間に、深く反省して貰うためです。自分の犯した罪を」

もっともらしいことを錦が言うと、佐藤は大笑いをした。

「そんなに可笑しなことでしょうか」

「やはり、女先生は優しくて結構だが、人ってのは……特に罪を平気で犯した奴らは、反省なんぞしないし、もし娑婆（しゃば）に戻れば、何度も同じことを繰り返す。そういう事案は、これまで幾らでもある。その度に、罪のない人が危ない目に晒される。そんな奴の〝達者伺い〟なんぞ、する必要があるかねえ」

「……」

「ま、いい。錦先生にこんな話をしてもしょうがない」

人を見たら泥棒と思え——という顔つきの佐藤を、錦は〝職業病〟として受け止めることにした。隠密廻り同心としては当然の感性だし、有能である証だからだ。

「佐藤様は、何をしに来たのですか。堅固のことではないでしょ」

「もちろん、それもあるが……牢内の様子を訊きたかっただけだ。矢沢にも訊いたが、あいつは腑抜けだから」

「そんなことは……」

「久門の方がよっぽど役に立つと思うのだがな、奉行所勤めは嫌だとずっと獄吏だ」

その佐藤の言葉に、錦は引っかかった。

「初めから牢勤めを望む人も、いるのではないのですか。それが自分の使命だと」

「いなくはないが、まあ珍しい。ふつうなら、定町廻りや臨時廻りに誘われたら、ふたつ返事で飛んでくるものだ。しかも奴はあれで、香取神道流の免許皆伝だ。勿体なくて仕方がない。佐々木なんぞより、ずっと腕が立つ」

「そうでしたか……」

落ち着いて見えたのは、辛い剣術の修業を重ねたからだろうと錦は思った。だが、たしかに佐藤が言うように、牢屋同心が剣術の腕を披露できる場は、あまりないのではないかと感じた。

「今しがた、チラリと河本様からも聞いただろうが、牢屋敷から盗賊の頭を助け出そうって輩もいるようなのでな、少しばかりこっちも気が張ってんだ」

「気をつけて下さい」

「何かあったら、宜しく頼むよ」

佐藤は意味ありげに目を細めたが、牢屋敷や盗賊のことなどは、錦にはどうしようもないことであった。

三

勤めを終えて、八丁堀の組屋敷に帰ったとき、玄関に蠟燭灯りがついているのが、錦の目に飛び込んできた。辻井の小父様が帰ってきているのかと思って、小走りで駆け込んだ。

「小父様。たまには一緒にご飯くらい……」

と言いかけると、出迎えた中間の喜八が客人だと奥を指した。

「お客様……」

「はい。小伝馬町牢屋敷・鍵役同心の久門幸之進様でございます」

「久門様……」

明らかに錦が嫌な顔になったので、喜八は気遣うように、

「まずかったですか……昨日、お目にかかったと話しておいでででしたが」

「ええ、まあ……」

「それに、久門様は、うちの旦那様とも古いお知り合いで、詮議所で咎人を吟味する折など同席していたこともあります。私も存じ上げておりますので、お座敷に……」

「そうなの……だったら、いいけれど……」

一抹の不安を隠せないまま、錦は喜八が用意した盥で足を洗い、手洗いや塩水でのうがいなどを済ませ、髪や着物を整えてから、久門のいる奥の座敷に入った。

「――お待たせしました……」

錦が声をかけると、正座をして瞑想するように目を瞑っていた久門が振り向いた。

「錦先生……押しかけて申し訳ありません。久しぶりに、辻井様にもお目にかかれると思っていたのですが、生憎、どこぞへお出かけになってるそうで」

「ええ、まあ……」

詳しいことは錦も知らないので、曖昧に返事をしてから、久門の前に座った。先刻、佐藤から噂話を聞いていたばかりだから、何とも不思議な気持ちだった。

「拙者の顔に何か……」

「あ、いえ……どうぞ、足を崩して下さい」

目の前に置いてある茶にも口をつけていないようだった。もう四半刻近く正座したままらしいのだが、まったく痺れている様子もなかった。久門は、このままでよいと答えた。

「もしかして、茶を飲まないのは毒を警戒し、正座のままなのは、ふいに襲われた時に迎撃できるよう備えてのことですか」

「はあ……?」

「父上がよくそう言ってましたので」

「まさか、ここに敵がおるとは考えておりませぬ」

「でも、武士とはそういうものなのでしょ。治に居て乱を忘れず」

「そんな大袈裟な」

「で……御用向きは何でございましょうか」

直截に訊く錦に、久門は牢屋敷にいたときとは違った雰囲気で話し始めた。だが、矢沢が「あいつには気をつけた方がいい」と言った言葉も胸に留めて置いた。

「昨日、錦先生に診て貰ったあの女……」

「美咲さんとか申しましたね」

「今朝、自刃しました」

「えっ……！」

あまりの事に、錦は絶句した。久門は軽く頭を下げて、

「先生の口添えで、小石川養生所からも獄医が薬などを持参してくれたのですが、それも無駄になりました」

牢屋敷で囚人が死ぬことは、さほど珍しいことではない。大牢では役人が黙認の〝私刑〟だってあるし、病死や作業中の怪我などで、毎年、数十人が死ぬ。二百人を超えた年もあるくらいだった。

「──自刃だなんて、そんなこと……」

「ええ。牢屋敷内はそういうことができぬよう、万全を尽くしています。ですが何

処で手に入れたのか、小さな茶碗の欠片のようなもので、喉をかっ切って……」

言いかけて言葉が詰まった久門も、悔しげな表情で落涙しそうなのを抑えていた。鍵役同心としての落ち度を責められたのだろうと、錦は思っていたが、その涙ではなかった。

「実は……あの女は、美咲は……私とは少々曰くがある……というか、幼馴染みなんです……ええ、まだ十歳くらいの子供の頃に同じ村にいましてね。下総香取郡にある小さな村です」

錦の頭の中で、香取神道流と結びついた。しかも、その辺りは、上総や武州もそうだが、与力の知行地がある。もっとも、久門自身は同心であり、幼い頃、養子に貰われて、地元の与力と縁があって、江戸に出たとのことだった。

「美咲とは子供の頃も、さして親しいわけではなく、村祭りで顔を合わせた程度でした。私は十三になる時には、養父とともに江戸に出てきましたから、美咲のことは顔も忘れておりました」

「……」

「それが、遠島という死刑に次ぐ重罪で牢入りしたときには、驚きました。もちろん、私は分かりません。ですが、美咲は私の何処かにガキの頃の面影を見たのか、『幸ちゃんかい』と声をかけてきたんです……ガキの頃は、幸吉という名前でしてね」

まだ大して知りもしない相手に、昔話を縷々とし始めたことに、錦は昨日と同様違和感を覚えていた。が、心の何処かに傷がある者にはよくあることなので、錦は医者として聞いていた。

「そりゃ、こっちは驚きましたよ……二十年近い時を隔てて、牢屋同心と咎人として再会したんですからね」

「遠島って、何をしたんですか……」

「殺しの手助けらしいです」

今で言えば、殺人幇助罪であろう。しかも、共犯にならない程度の罪でないと、人の命を奪ったのなら遠島では済まない。

「詳しい話は私も知りませんが、貧しい百姓でしたから、何処でどう暮らしていたのか、かなり苦労したんだと思います……ただ深川の方で、博奕打ちと一緒になっていたらしく、そいつが、自分の喧嘩相手を殺そうとして、油断させるために美咲を近づかせたらしくてね」

「利用されたのですね……で、その博奕打ちは……」

「相手を斬ったけれど、他の者と喧嘩の末、やはり殺されたとか……なんとも、やりきれねえ……それで、美咲が遠島とは、あんまりだ……でも、私にはどうにもできなくてね」

「……」

「おまけに、悪い病に巣くわれてたのだから、死にたくなる気持ちも分からないでもない……あまりに可哀想でな……」

打首をした男に対する態度と違ったのは、こういう訳があったのかと、錦は思った。だが、同情するなら、嘉吉という男にも死罪はあんまりのような気がする。

「——そういう意味なら、嘉吉って人も可哀想ですよね。わざとじゃないし……」

錦が問いかけると、

「そんなことは分かるもんか」

間髪を入れずに久門は返してきた。それにも違和感があったが、

「死ねばいいと思って突き落としたんだろうよ。結果として死んだ。余罪もあるし、

どうせ婆婆に戻ったところで、ろくなことはしないだろう」

　と再犯のことであろうが、佐藤と同じようなことを言った。

「美咲とは、全然、話が違いますよ」

「いいえ、美咲さんの罪と比べたわけではないです」

　そう言い返したものの、やはり錦は初対面の時から燻っている違和感を、拭いきれないでいた。むしろ、大きく膨らんだ。

「——久門様は、どうして美咲さんの話を私にしにきたんですか」

「そうですね……誰かに聞いて貰わなきゃ、ここが潰れそうでね……」

　自分の胸を叩いた。それが久門の正直な気持ちがどうかも測りかねた。錦は話題を逸らすかのように、

「今、牢屋敷には、〝般若の甚五郎〟という盗賊が囚われてるそうですね。奉行所におりますから、耳に入ります」

　と水を向けた。

「ええ……それが、どうかしましたか」

　逆に久門の方から訊き返されて、錦は一瞬、戸惑った。

「色々と警戒しているそうですが、もしかしたら、そのことを訊きたいのかと……」

「私が？　どうして、そう思うのです」

「違うのなら、いいんです。甚五郎を助け出すために、盗っ人仲間がうろついているようなので、久門様も気をつけて下さい」

「奴を助け出す……ふん。無理な話だ」

久門は鼻で笑ったものの、俄に神妙な顔つきになった。

錦には判断がつきにくかったが、やはり番所医だからこそ狙ってきたのではないか。しかも、久門が甚五郎と通じているのではないかとすら勘繰った。奉行所内にも牢屋敷内にも、盗賊一味が潜入しているかもしれないと、河本が話していたからである。

あまりにもじっと見ていた錦の視線に、久門は不思議そうに、

「――やはり私の顔に何かついてますか」

と言って、微かに笑った。

「かような辛気臭い話をして、申し訳なかった……毎日、重罪人と接していると、

こっちまで気持ちが沈んでしまってね」

「でも、どうして牢屋同心になりたかったのですか？」

「え……」

「香取神道流の凄腕の人なら、〝三廻り〟に来て貰いたかったと、佐藤様が……」

「はは、それは買い被りです。私は所詮は百姓の倅です。人を裁いたり、捕らえたりするのは憚られます。でも、悪い人間を見張る役くらいならできるかと」

それも本音かどうか、錦には測りかねた。だが、自分に心の救いを求めてきたのは確かであろう。矢沢には「気をつけろ」と言われたが、その言葉は少し否定したい気持ちになってきた。

四

小伝馬町牢屋敷には未決囚の他に、死刑が確定している者、遠島を待っている者、刑の軽い者も含めて四百人余りいる。多いときは七百人を超える。現代のような〝矯正施設〟ではないから、風紀の乱れも多く、だらだらと十数年も居続ける者もいた。牢名主と称されるのが、それである。

雑居牢には無宿者が多くて有害に他ならないから、宝暦年間からは無宿者と有宿者を分けて収容するようになった。さらに安永年間には百姓牢も別にした。悪に染まるのを避けるためである。

大牢と二間牢を合わせて六十畳近くあり、惣牢と呼んでいたが、板間である。

昔は三方が壁土蔵作りだったため通気が悪かったが、元禄の火事の後に作り替えられてからは、二重の格子になっている。内格子は赤松、外格子は杉の六寸角のしっかりしたもので、床板も二尺五寸という厚さで、到底、逃げることはできなかった。

久門は小頭を連れて、東牢、西牢はもとより、武士や僧侶などを入れる揚座敷や揚屋などを見廻っていた。鍵役同心が来ると、囚人たちは格子の外に向かって形ばかりの正座で勢揃いする。

東西の大牢と二間牢は、囚人の中から選ばれた十二人の牢役人が、牢内を取り締まっていた。牢名主を筆頭に、角役、二番役、三番役、四番役などと続いて、牢名主を補助し、詰之番や五器口番など雪隠や食事の番まで仕事が決まっているのだ。

牢名主は、鍵役がそれに相応しい者を調べ出しておき、町奉行所の牢屋見廻り与力に報告した後、許可を得る。

概ね吟味方と相談の上、刑の軽い者が指名されたが、やはりそれだけでは、有象無象の囚人たちは言うことに従わない。自ずと、獄中暮らしが長い者や大きな事件を起こした者が、囚人たちの〝信望〟を得て、牢名主になっていた。

無宿者が投獄されている西の大牢と二間牢のうち、奥にある二間牢に〝般若の甚五郎〟は収監されていた。しかも、久門が指名したわけではないが、牢名主として持ち上げられ、まだ日にちも経っていない未決囚でありながら、その貫禄で他の者を支配していた。

囚人の中には、甚五郎と親分子分の杯を交わして、娑婆に出た暁には、命を賭して働くと約束している者もいた。昼夜一日中、寝食を共にするから、理屈ではなく共感をしあうこともよくあった。

基本的には、町奉行が判決して即日、刑に処せられるが、囚人が多いと順番待ちになる。死罪が確定している者は、「いつ殺されるか」分からない状態で、毎日が針の筵であろう。現代のように上訴や再審請求などできない状態ゆえ、恐怖を継続させられるということになる。

だが、その恐怖心も、牢名主との〝人間関係〟から薄れることもある。ささやかな気休めに過ぎないが、打首や獄門を待つ身の者は生きた心地がしなかったから、軽い慰めでも救いが欲しかったのであろう。

だが、もう十年余り、多くの囚人に接してきた久門は、毎日、震えている死罪確定の者を見ていて、

――死ぬまで苦しんでいろ。それでも余りある残忍なことを、おまえたちは犯したのだ。同情の余地はない。

と思うだけであった。

この朝、いつもの朝礼が終わった後、久門は、石出帯刀に呼び止められた。

笑うということを知らない顔つきの石出である。久門もそれを長年、見習ってきて、無表情である。獄吏同士は、めったに酒席を共にすることはなく、同じ組屋敷にいながら身の上話をすることもない。

石出はそっと文を久門に手渡した。それには、本日処刑する者の名を書いてある。すでに、牢屋見廻り与力や同心にも伝えている証である。久門はその命令に従って、

朝の牢内見廻りの折、処刑する者を〝指名〟するのである。

それゆえ、鍵役同心の久門が、朝に牢内巡廻するときは、身に覚えのある者は〝指名〟されることに恐々としていた。

西の二間牢の前に立った久門は、居並ぶ数十人の囚人の顔を見廻した。

先頭には、貫禄のある甚五郎がデンと座っている。身につけているものはみな同じだが、一際濃い無精髭と大きな体が、牢名主らしい存在感を示していた。

「無宿、庄作(しょうさく)……本日、鈴ヶ森刑場によって処刑する。出ろ」

当番役人が〝外鞘〟と呼ばれる控え牢の扉の鍵を開けて、中に小頭、世話役ら数人が入り、扉は一旦閉める。牢内から大挙して押し出て来るのを避けるためである。扉はひとりが腰を屈めて出入りすることしかできない大きさであるが、万一のことを想定して、同心は刀を抜いて控えている。

入牢の時は、ここで丸裸にするが、出るときも同じで一旦、丸裸にした上で縄できつく縛る。何か凶器などを持っていないことを確認するためである。その間、他の囚人たちは黙ってそれを見ているしかない。

庄作はこの前、嫌がる嘉吉が引きずり出されたのを見たばかりなので、自分は潔く従おうと思っていたようだが、いざとなれば逃れようとした。だが、狭い〝外鞘〟ではどうすることもできず、すぐに縛り上げられた。

その時、牢内から甚五郎が声をかけた。自分はまだ未決囚だから余裕があるのか、

「おい、庄作。俺とおまえは親子ではなく、この牢で兄弟杯を交わした仲だ。俺も後から行くかもしれねえから、そのときは思い切り飲み明かそうじゃねえか」

と声をかけた。

俠気を見せて、牢名主としての威厳を保ちたいだけであろうが、他の者たちもまるで惜別の涙を流すかのように、ぐっと握った拳を膝の上に置いて耐えていた。

久門は黙って見ているだけだった。今日は、首を刎ねる場や三尺高い所に晒すのに、立ち合わなくてよい。その分、気分が楽だから、甚五郎の余計な言葉にも腹が立たなかった。ただ脳裏に、錦から聞いた「仲間が逃がそうとしているかもしれない」という言葉は張りついていた。

庄作を牢の外、鞘土間から引っ立てようとしたとき、再び甚五郎が声をかけた。

「あの世では、下手を踏むんじゃねえぞ」

その声に、久門は振り返った。

牢内の甚五郎は情け深そうに、庄作を見送っていたが、久門はその正面に立ち、

「人殺しのくせに余計なことを言うな。おまえに殺された人間のことを考えてみろ。おまえが〝盗っ人宿〟で助けた輩の中には、百回地獄に落ちても救われない奴がいるのだ」

と冷やかだが、牢内に響き渡る声で言った。

甚五郎は何か言おうとしたが、「へえ」と頭を下げただけだった。わずかに苦笑したようにも見えたが、久門は背を向けて、庄作を埋門の改番所まで連れていった。牢屋見廻り与力に引き渡すためである。いつものように淡々と流れ作業のように行った。

その間、庄作は三人もの人間を情け容赦なく殺しておきながら、

「てめえらだって、人殺しじゃねえか。呪ってやるからな。覚えてやがれ、このやろう。この場にいる奴らとその親兄弟、子々孫々まで俺の呪いで苦しめてやるからな」

と悪態をついていた。

場合によっては猿轡を嚙ませることもあるが、この悲痛な囚人の叫びを牢内の者

たちに聞かせることで、自分たちがやってきたことを後悔させる効果も狙っていた。

その夜――。

牢屋敷近くの火の見櫓の半鐘が、激しく叩かれた。それは次第に広がり、数ヶ所の町でも半鐘が鳴り始めた。

風が猛烈に強く、牢屋敷内のすべての牢に生ぬるい風が吹き込んでくるほどだった。日照りも続いていたし、こういう日は延焼が怖かった。明暦の振袖火事のように、江戸中が炎の犠牲になって、灰燼(かいじん)に帰することもあり得るからだ。

牢屋同心や番人、人足たちは慌てふためいて、敷地内を走り廻って様子を見ている。

「大変だ。風向きがこっちだ。何とかしないと牢屋敷も燃えるぞ」

「火元は何処だ」

「すぐそこの掘割の船小屋かららしい」

「いや、居酒屋らしいぞ」

「違う、屋台が倒れて、油に火が移ったらしい」

「とにかく、万全を尽くして牢を守れ」

「牢屋敷は大丈夫だ。周りは堀で囲まれてるからな」

「飛び火があるぞ。油断するな」

などと役人たちの怒声が飛び交っていた。

牢屋敷地内にある石出帯刀の屋敷も、その家中らが警戒に出ていたが、月もなく真っ暗なはずの空が、赤く染まるほど明るかった。しかも火の手は近い。風も強いから、危機は迫っている。

石出帯刀は万一のため、自ら陣笠陣羽織の火事装束を身に纏って、普段から置いてある天水桶や竜吐水などを使う用意をし、町火消への待機も呼びかけていた。

泊まり番の久門も、他の同心たちとともに見廻りを徹底していると、何処から飛来したのか、炎のついた着物が大牢の屋根の上に落ちた。

だが、瓦屋根ゆえ、すぐには燃えるはずがない。しかし、まるで巨大な怪物が放り投げてでもいるかのように、次々と火の付いた襖や布などが飛んできて、牢屋敷の一角が燃え上がった。

拷問蔵近くの小屋にある油置き場に火が移ったらしく、さらに炎が大きくなり、埋門の改番所や大牢屋敷にも火が広がった。この強い風のままでは、一気呵成に燃え上がるかもしれない。

「やむを得ぬ……そうなる前に、この際、牢から囚人を一旦、解き放つ」

と石出帯刀は決断した。

かつても何度か同様な事態はあった。その際、逃亡をする者もいるので、予め定めた火除け地に集まるよう指示した上で、

――逃げずに戻った者は、罪一等減じる。そのまま逃げた者には加重する。場合によっては、斬り捨て御免も辞さない。

と言い含めていた。

だが、罪一等減じられたところで、磔が獄門、獄門が死罪になるというだけだ。どの道死刑ならばと逃げる者もいる。牢門を開けて逃がすのは、江戸町人にとって恐怖に他ならない。ゆえに、避難で逃がす際には町奉行所の応援を待って、同心や岡っ引などが随行することもあった。

今宵は風が強すぎるので、竜吐水などはまったく役に立たず、手水桶の水をかけたところで、噴霧となって飛び散るだけだった。

「このままでは危うい。早々に逃がせ！　責任はこの石出帯刀が取る！」

その命令を受けて、鍵役同心たちは各々の持ち場の牢に駆けていった。

久門は西の大牢と二間牢である。驚いたことに当番所に駆けつけてきたときには、すでに鞘土間の格子戸や裏手にある掃除口などにも炎が飛来してきており、格子の隙間から炎が牢内に大蛇のように入り込んでいた。

「アチチ、熱いよ！　早く助けてくれ！」

「喉が焼ける！　何とかしてくれぇ！」

「死にたくないよ！　誰かあ！」

地獄絵のように喘いでいる囚人たちの姿を見て、久門は一瞬、凍りついた。炎だけではなく、白煙もモクモクと広がってくる。

とにかく、助けなければ――という思いで、久門は土間にある手水桶をザブンと頭から被り、奥へ向かった。

格子戸に張りついた囚人たちが、隙間から手を差し出して悲痛に叫んでいる。

大牢の前に立った久門は、すぐさま〝鞘牢〟の鍵を開け、中の牢扉も開けた。途端、ドッと排水口から水が飛び出るように、囚人たちは我先にと逃げた。奥の竹柵門はすでに轟々と炎が立ち上がっている。

「向こうへ急げ！」

久門が指図するまま、ほとんどの者たちは当番所や張番所のある方に向かった。ここは東西の牢の真ん中にあるため、両側から逃げ出てきた者たちが、ぶつかりながらも、火の手の少ない中庭に逃げ延びることができた。

大牢から逃げる囚人たちを見届けながら、久門は二間牢の方に駆けて行こうとした。すると、ドスンと頭上から梁が落ちてきた。柱との継ぎ目が焼けて崩れたようだ。その梁にも火がちらちら燃えている。

それでも久門は着物の裾を捲って、梁を跨いで奥の二間牢に向かおうとした。

その時、背後から、同じ鍵役同心から声がかかった。

「危ないぞ、久門！　屋根が落ちる！　逃げろ。早く、こっちへ来い！」

「いや、まだ二間牢が……」

「いいから、急げ！　早くしろ！」

その時、頭上の天井が傾いて、その割れた隙間から空が見えた。炎も先刻とは比べものにならないほど、大きくなっている。背後からは、同僚の声が聞こえるが、久門は意を決して奥に押し入った。

「ばかやろう！　おい、久門！」

背中の声はもう、梁や柱が傾く轟音に掻き消されていた。

「大丈夫だ。二間牢の奥には非難口がある。開戸や竹柵門さえ抜ければ、梯子で土塀を越えて、堀に飛び込める」

久門は誰にともなくそう言い含めながら、二間牢の真正面にある〝鞘牢〟の前に、転がるように駆けつけてきた。

その奥では、大牢と同じように囚人たちが、炎や煙の中で、格子の間から手を差し伸べている。牢名主の甚五郎も必死の形相で、

「おい！　早く開けろ！　焼け死んでしまうじゃねえか！」

と怒鳴っている。

今朝方の余裕綽々の姿とは打って変わって、他の者を蹴倒してでも逃げようとしているのが明らかだった。もちろん他の者たちも同じである。命の危難が迫ったら、自分でもこうなるであろうと、久門は思った。

「早くしろ、てめえ！　殺すつもりか！　俺はまだ刑罰を下されてねえんだ！　さっさとしねえと、只じゃ済まさねえぞ！　ぶっ殺してやるからな！」

さらに怒鳴った甚五郎を見やった久門は、

「――只じゃ済まさねえぞ……ぶっ殺してやるからな……」

と口の中で呟いた。

手を伸ばせば、すぐそこに錠前がある。

だが、木札付きの鍵を手にしたまま、久門は炎に包まれる囚人たちを、ぼんやりと見やった。まるで夢の中の出来事に思えた。

「おら！　何をボサーッとしてやがる！　早く開けろ！　鍵を寄越せ！」

迫り来る炎の中で、甚五郎の形相はさらに険しくなり、まさに〝般若〟の異名に相応しいくらい恐ろしくなった。

久門はその甚五郎を見ながら、

「おまえたちは親子兄弟の杯を酌み交わしたんだろ。仲良く宴会を開くがいいぜ」

と声をかけると、鍵を〝鞘牢〟内の床にポイッと塵芥のように投げ捨てた。

「な……何しやがる……おい！　開けろよ、おい！」

甚五郎は格子の隙間から手を伸ばして、土間の鍵を拾おうとするが、まったく届かない所に落ちている。他の者も必死に足掻いて、手を伸ばそうとしている。

久門は冷徹な目で、その様子を一瞥すると、自分は翻って、裏手の竹柵門に向かって走り、燃えているのも構わず、体当たりするようにぶつかって逃げ出した。

その外はまだ七尺八寸の練り塀が立ちはだかっている。忍び返しまでついているが、久門は近くにあった瓦礫などを踏み台にしていて、必死に塀の屋根にしがみつくのだった。

五

翌日、北町奉行所には、逃亡を図った者たちが何十人も集められ、詮議の末、改めて刑を加重された。

もちろん、素直に戻った者たちは、刑の軽重は関係なく、石出帯刀が宣言したとおり、罪一等減じられた。ゆえに、牢から解き放たれた者もいる。

逃亡しようと思った者たちを、すんなり捕縛することができたのは、隠密廻り、風烈廻昼夜廻りなどが、牢屋敷を含む火事が起こった際に、すぐさま警戒に出向いていたからである。

やはり、〝般若の甚五郎〟が牢屋敷にいたということが、町方にとっては大きく、警戒していたのが功を奏したというところだ。

しかし、その甚五郎は、焼死体で見つかった。

西二間牢の鍵は開けることができず、甚五郎を含む十八人が死に、焼け崩れた隙間から逃げることができた者もいたが、ほとんどは火傷を負っていた。

凄惨な事件ではあったが、大火事がもたらしたことであり、稀有な事態に江戸町人たちも恐れおののいていた。しかし、牢屋敷は大牢辺りが燃え落ちただけで済み、町々の延焼も意外と被害は少なく、わずかな数の長屋の住人たちが避難したくらいだった。

牢屋敷が燃えた原因は、町奉行所と町火消たちによって入念に調べた結果、やはり二八蕎麦屋の屋台が強風に倒れて、近くにあった商家の油に火が移ったのが原因かと思われた。

しかし、それ以外に、思わぬことが判明した。

風烈廻昼夜廻り与力の河本弘兵衛が火事場の近くで捕らえた、伊佐三（いさぞう）という遊び人が、牢屋敷に付け火をした、ということが分かったのである。風烈廻昼夜廻りから、定町廻りの佐々木に廻された伊佐三は、あっさりと認めた。

この伊佐三自身が、付け火をした際に、風に煽られた油が体にかかり、大火傷をして、北町奉行所の牢内にて、錦の手当てを受けている。甚五郎の子分のひとりで、〝盗っ人宿〟の手代をしていた輩である。

「大牢を火事にすれば、牢屋役人は親分を逃がすだろうから、事と次第では、そうしろと予め命じられていた」

と素直に証言をした。

しかも、その時のために、別の米吉という子分が、ちょっとした喧嘩をわざとして、甚五郎と同じ牢にいて、その際は、うまく手引きする手筈になっていたという。だが、米吉も甚五郎とともに焼け死んだ。

つまり、屋台が倒れたのが出火の原因ではなかったのだ。二八蕎麦屋の主人と商家はきつくお咎めは受けたが、火事の責任は取らされずに済んだ。これも下手をすれば死罪だから、ほっと胸を撫で下ろしたに違いない。

一方、久門は――。

石出帯刀の役宅に呼びつけられ、叱責されていた。

「もっと素早く対応しておれば、死なずに済んだ者もおる。おまえは御役御免にしたいところだが……他の鍵役同心らの話から聞いた。制止するのも聞かず、おまえは我が身の危険を顧みず水を被ってまで、燃え盛る炎の中に飛び込んでいったらしいな」

「はい……考える間もありませんでした」

「その勇気に免じて、一月の謹慎にて済ませる」

「申し訳ございませぬ。有り難きご配慮ながら、この際、辞職を……」

「早まるな、久門。おまえの気質、仕事ぶりは、この石出がよく知っておる。たとえ罪人であろうと、処刑が決まっている者であろうと、救えなかったという反省を糧に、今後も御奉公を致せ」

「は、はい……」

「しかも、此度は火事ではなく、甚五郎の手下による付け火と判明しておる。己を責めるのはよせ。おまえの悪い癖だ」

「ハハア」

久門は深々と頭を下げるのであった。

謹慎を命じられた久門は、町方同心と同じ八丁堀に屋敷があった。六十坪足らずの家だが、ひとり暮らしでは充分であった。

その夜——。

隠密廻りの佐藤と風烈廻昼夜廻りの河本がふたりして、一緒に訪ねてきた。

「役儀であるゆえ、一応、話を聞いておきたいのだが……」

遠慮がちに河本が言うと、久門は当然だと屋敷に招き入れた。質問はすべて与力の河本が行い、同席した隠密廻り同心の佐藤は、横で聞いていた。

「此度の一件、難儀でござったな……石出様からもお咎めがあったそうだが、謹慎で済んだのは不幸中の幸いでござった」

「いえ、さようなことは……」

久門は忸怩たる思いがあるのか、申し訳なさそうに頭を下げた。

「ところで、二間牢では、甚五郎をはじめ大勢が亡くなったが……生き残った者の話では、おまえがわざと鍵を開けずに逃げた……そう証言している者がおるのだ」

河本にそう言われて、どう反応するかを、佐藤はじっと見ているようだった。久門は申し訳なさそうに頭を下げて、

「――あれだけの大火事です。私の頭上からも梁が落ちてきました……」

「らしいな。そのことも承知しておる。聞きたいのは、本当に鍵を開けられなかったかどうかということだ」

「もう一歩踏み込んでいれば、あるいは助けられたかもしれません。しかし、迫り来る炎や屋根が落ちてきて……結局は我が身が可愛かったのでございます」

深く反省しているように、久門は項垂れた。それでも、河本は続けて、

「しかしな、助かった咎人のみんなが、こう申しておる。おまえは、甚五郎に対して何かを呟いて、見捨てるような態度で、わざと〝鞘牢〟の扉の下に、鍵を落としたと」

と言った。

久門はそのときの状況を明らかに覚えている。河本の言うとおり、わざとやったことだからだ。その時の、絶望感と恐怖感に満ちた甚五郎の表情も思い出していた。そのことを、久門は違う形で伝えた。

「――焦っていて、手が滑り……丁度、私の方からも届かぬ所に落ちてしまいました……甚五郎らが死んだのは、私のせいです。ですから私は、やはり辞職すべきか

と……」

暗澹たる表情になった久門に、横でじっと様子を窺っていた佐藤が声を挟んだ。

「わざと……だよな」

久門は振り向いて、短い溜息をついて、

「そう思われても仕方がありません……ましてや、甚五郎がまだ裁決もされておらず、北町奉行所にて改めて吟味される身……私はとんだ失敗をしてしまいました」

「では、久門さん……あんたは、咎人たちが嘘をついている、というのだな」

佐藤が鋭い目で訊いた。年季を踏んだ隠密廻りだけあって、たかが牢屋同心の久門には背筋が震えるほどの威圧感だった。

「嘘をついているとは言いません……奴らにはそう見えたのでしょう」

「あんたにとっては、毎日のように顔を突き合わせている連中だ。恐らく嫌なことも、あれこれあったんだろうな」

「ありません」

「ない？」

「はい。私はただ鍵役として、町奉行が裁いた者たちが処刑されるまでの間、世話をしているだけの役人です」

自信に満ちた顔を、久門はふたりに向けた。佐藤は睨み返していたが、河本は間を取り持つかのように、

「まあ……奴らは罪人ゆえ、大変な目に遭ったので、久門のことを悪し様に言っているだけかもしれぬ。鍵を開けようとして落としたとしても、奴らにはわざとに見えた……そうではないかな」

と言った。

久門はさらに申し訳なさそうに頭を下げてから、

「佐藤様……あなたは毎日、凶悪犯を追いかけているから、釈迦に説法ですが、正直申しまして、悪い奴の打首の場に立ち合うと、ある種の高揚感を覚えます……自分の手で憎き死刑囚を始末できるという高尚な使命すら感じることもあります」

「……」

「石川島の人足寄場のように、矯正すれば立ち直る者ならば、自分も復帰の手助けをしている喜びがあるかもしれない」

「そうでない奴は火事で死んでもいいと言うのか。石出様は逃がそうとしたはずだ

が」

「正直、時に憎いと思う者もいます……二度と悪いことはしないと誓うが、それは大嘘で、世間に戻れば、本人の気の弱さと世間の冷たさが相まって、再三再四と犯罪を繰り返す」

「……」

「ましてや、死罪の者と毎日接していると、新たに生き直すことが閉ざされているのだから、早く処刑してやれという思いもありますよ……それも武士の情けかと思います。佐藤様は、どういう信念で悪い奴に縄を掛けているのですか」

久門は責めるように詰め寄った。

「私たちは、あなた方が捕らえた救いようのない極悪人を、処刑するという嫌な役廻りなのです。できることなら、佐藤様がその手で、自分が捕らえた罪人の首を刎ねてみてご覧なさい。少しは、私たちの気持ちも分かるかもしれませんよ」

「そんなことは、どうでもいいよ。俺だって、バッサリと咎人を斬ったことがある。おまえほどの腕前ではないがな」

「……」

「だが、処刑や斬り捨て御免と、見殺しは違うぞ。ましてや、相手が確実に死ぬと分かっているなら、おまえも同罪だ」

鋭く睨みつけて、佐藤は言い返した。

「それだけじゃねえ。これまでも何人か、容疑が不十分なため、牢屋からお解き放ちになった者が、無惨に殺されて死んでいる……まるで、娑婆に帰したのは間違っていたというようにな」

何を言い出すのだという顔つきで、河本は見やったが、佐藤は強い声で罵った。

「処刑代わりに、おまえが殺ったんじゃないのか。いずれも、香取神道流の脳天から叩き斬る太刀筋なんでな」

黙って聞いていた久門は、微動だに表情を変えずに言った。

「そこまでおっしゃるのでしたら、私を捕縛するなり、斬り捨てるなりして下さい」

「……」

「それが、あなたの正義なのでしょうから」

久門はもう一度、深々と頭を下げて、これ以上話しても堂々巡りだろうから、帰ってくれと言った。もし、自分に落ち度があるならば、どのような刑罰でも受けると断言した。それが、牢屋同心としての矜持だとまで言った。

佐藤と河本も、もう何を言っても無駄だと立ち上がった。限りなく怪しいが、確たる証もない。罪人たちの証言も正しいかどうかは分かりようもない。

帰り際、佐藤は久門を振り返り、

「どうだ……定町廻りで働かぬか。その方が、おぬしに相応しいと思うがな」

「いいえ。私は影踏みが苦手ですので」

「影踏み……？」

「いえ、なんでもありません」

意味の分からぬ久門の言い草に、佐藤は諦めた顔で、河本と共に立ち去るのだった。

六

伊佐三は大火傷の治療のため、錦の診療所代わりにしている辻井屋敷に〝囚われ〟ていた。奉行所の牢では他の者もいるし、皮膚がかなり膿んでいるので、同心や町方中間らに感染しないとも限らないからだ。

見張り役として、当番方の同心ひとりと町方中間、それに辻井家の中間喜八を加えていた。当番方とは裁判の臨席や補助をする書役(かきやく)だが、牢送りなどの担当でもあったため、まだ未決の伊佐三番として、町奉行所から遣わされてきていた。

錦は全力を尽くして治療を施したが、油を被るような形になったために、伊佐三の体の三分の一以上は醜く爛(ただ)れていた。熱湯を被ったよりも酷い火傷だった。まだ叫びたい程の痛みが広がっているはずだ。

当初はあまりの熱さと息ができないことで、失神していたが、気を取り戻すと激痛で耐えられなかったであろう。神経をやられるほどの深手の火傷には痛み止めの薬も効かず、身動きできないまま悶絶するしかなかった。

叫びたいけれども、熱気を吸って気道をやられているから、意思すらはっきりと伝えることは叶わなかった。それでも錦は懸命に面倒を見ていた。

そこに、ぶらりと訪ねてきたのは、着流しの久門だった。

伊佐三がここで治療を受けていることを奉行所の者にでも聞いて、様子を見にきたのであろうと、錦は思った。だが、久門は謹慎中であることを、井上から報されていたし、矢沢からも、「久門には気をつけろ」と言い含められていた。伊佐三のことを狙っている節があるというのだ。

「困りますよ、久門様」

錦は姿を見るなり、屋敷から出るように言った。

「迷惑でしたかな」

「付け火をした人がいることは、ご存じでしょう。もし、他に洩れるようなことがあれば、町人の中から仕返しとばかりに、押し寄せてくるかもしれないので」

「そこまで案ずることはないと思うが」

久門は除け者扱いしないで欲しいという目になった。錦は佐藤から伝えられたとおり、久門は伊佐三を〝私刑〟しに来たのではないかと疑っていた。

そんな視線を感じ取ったのか、久門は苦笑を浮かべて、

「――錦先生はどうして、そんな奴を助けるのです。どうせ死罪、しかも付け火を犯した者には火炙りの刑が待っている」

「目の前の人を、少しでも良くすることだけを考えてます」

「火刑だと分かっていても」

「そうです。前にも言ったはずです。その間に、深く反省をして貰うためです」

錦が毅然と言うと、久門はそれには反論をせず、「ちょっとよろしいですかな」と手が空いたら話したいことがあると伝えた。

「何でしょう……」

久門は他の者には聞かれたくないような素振りを見せた。仕方なく、錦は診察している離れ部屋から、奥の座敷に招いた。

「先生を見てると、何もかも正直に話したくなったんです」

恥ずかしげもなく、久門はそう言って、苦笑いをした。

「謹慎中ではありますが、もう復職するつもりはありません……石出様にも改めて、そうお伝えしております」

覚悟を決めた言い方だった。

「そうなのですか……」

「ええ、もう疲れてしまって……その前に先生にぜんぶ吐き出しておきたいと……」

錦の脳裏に、佐藤から聞いた話が蘇った。

久門は今般の火事で、甚五郎たちを見殺しにしたが、それ以前にも、証拠が乏しいというだけで解き放ちになった罪人を、密かに始末していた。それは単なる噂話ではなく、殺された者や時期を丹念に調べると、ぴったりと符合するというのだ。

しかも、いずれも辻斬りのように一刀両断に浴びせている。その太刀筋からしても、久門の腕前ならできること。また、久門の非番の日などと照らし合わせても、間違いないと佐藤は判断していた。

ゆえに、隙を狙って甚五郎を助けるために付け火をした伊佐三を、歪んだ正義感から始末するとも考えられた。

「何でしょうか……」

訝しげな目になる錦に、久門は微笑を浮かべて、

「目の前の人を助ける……今、先生は言ったじゃないですか……私の心も助けて欲しい……もう遅いかもしれませんが」

「どんなことでも遅いなんてことはありません。話してみて下さい」

錦は本心からそう思って、他の与力や同心たちと同じように向かい合った。牢屋

同心も町奉行支配だからである。

久門は深々と頭を下げてから、訥々と話し始めた。

「――実は、私は人を殺したことがあるです」

「えっ……」

「ガキの頃です。まだ十二でした。たまさか起こったことではなく、殺そうとちゃんと意識して殺しました」

告白して、久門はこう続けた。

それまで虫を踏み潰したり、野良猫に毒を飲ませたり、野良犬の頭を棍棒で叩き割ったことはあったが、人を殺したときは胸の奥深いところから苦い水が湧き出てきた。だが、不思議と罪悪感はなく、むしろ安堵と妙な疲労感が広がっただけだった。

その男は村でも有名な極悪な乱暴者で、人の家に入っては平気で食べ物を盗み、通りがかりの人から財布を取り上げ、気に食わないことがあると木刀で叩き廻り、娘の着物を引き裂いて手籠めにしたりした。

子供に対しても同じであった。

中肉中背に過ぎないが、小さな子から見れば巨漢に見えた。毛むくじゃらな腕で通りがかりの子供の首に手をかけ、強く締めつけるのだ。顔が真っ赤になると、ケラケラと笑いながら手を放すが、あの苦しさと怖さはやられた者にしか分かるまい。村役人たちが見廻っていて、その男を見かけると犬のように追っ払い、子供や若い女に近づけないようにしていた。だが、庄屋の息子だから、それ以上の注意はしなかった。みんな見て見ぬふりをしていたのである。

村には古い寺があって、夏は雑草が生い茂り、子供らが隠れんぼや肝試しをするには丁度良かったが、階段や床は人が歩けば抜けるほど腐蝕していた。

樹齢何百年という大きな銀杏の木があって、枝の一部が屋敷の軒の庇を突き破っていた。大人が六、七人で手を繋いでやっと囲めるほどの太い幹である。その男は、よくその幹に隠れていて、ワッと声をあげて飛び出してくることがあった。

雨の中でも、平気で濡れながら待ち伏せしていることがあるから、気をつけて通っていると、子供の久門はふいに背後から摑まれた。水たまりに仰向けに倒れると、その男はいきなり馬乗りになって首を絞めにきた。

二本の親指が喉仏の下にあてがわれ、声がでないほど締めつけられた。男の目は

いつも笑っている。そして一言だけ、

「苦しいか。死んでみないか」

と呟くのだ。

まだ二十歳前だが、髭面であったし、四十のおっさんと見分けはつかなかった。体重の軽い子供には抗おうにも無駄な抵抗だった。だが、雨のせいで、相手も足元が悪かったのであろう。滑って体勢が崩れた隙に、久門は必死に逃げ出した。

足音が幾重にも響き、鼓動も早くなる。背後からは男がベタベタと湿った足音を立てながら追いかけてくる。その気配を背中に感じた瞬間、羽交い締めにされ、一瞬にして取り押さえられ、臭い口臭を吹きかけられながら、仰向けに押さえつけられた。水たまりのときと同じように馬乗りになって、男は喉を締めつけてきた。

理由はない。ただ面白がっているだけなのであろう。その時は、気を失った。それからも同じような怖い日々が続いたが、二親も含めて、善処してくれなかった。

ある日、田んぼに流す用水路の上に、その男が立っていた。滔々と流れる水を上から眺めているのだ。わずか数間の落差しかないが、見ているだけで吸い込まれるような勢いがある。落ちれば水圧で滝壺に沈められるであろう。

しかも、反対側の貯水場は水位が上がっており、水面は雨に打たれて水飛沫が跳ねているが、凪のように穏やかである。放水をしているようにはとても見えない。

「そこに落ちたら、吸い込まれるからな。絶対に近づくな」

親にはそう言い含められていた。時折、猪が排水口の鉄格子に張りつくように死んでいたのが見つかった。大きな猪ですら吸い込まれるのだ。想像するだけで怖かった。

通りがかった久門は、気になって振り返ると、その男は貯水池側に向かって立ち小便をしていた。小便は、猛烈な勢いの水流に混じって、飛び散っていた。

その後ろ姿を見たとき、ふいに脳裏に男が落下する姿が浮かんだ。

「ええ、その時に私は、ほとんど同時に、自分でも理由が分からないくらい鮮明に、確信を持って、今なら、こいつを落とせる――そう思ったんですよ」

遠い目になっていた久門がギラリと燦めいた。

「私は、何のためらいもなく、柵を越えて、男の背後に近づきました。滔々と水が流れ落ちる音がしているので、そいつは私のことに気付きもしませんでした……終いには私の気配に気付いたようですが、少し驚いたように『なんだ、おまえか』と呟いただけでした……次の瞬間、私はまったく躊躇なく、思い切り男の両足を掬い上げました……思ったよりも簡単に、声を上げる間もなく、そいつは落ちて激流に流されて、そのまま排水口の方へ消えていきました」

「……」

「不思議と怖くはなかったなあ……何かをやり遂げた満足感だけでした。害獣を駆除した興奮で、振り返ることもなく、その場から走り去りました……そいつは、翌朝、排水口の鉄格子に顔を張り付けるような格好で、見つかったらしい」

そのことは、大事件として村中の人が知るところとなったが、「極悪人が死んだって」「天罰が下ったのかな」「これで安心して暮らせるな」などと、ひそひそと話されるだけで、誰も同情などしなかった。代官の役人が来ても、誤って落ちたと判断された。

「私は密かに、良いことをしたのだと悦に入ってました。人が死んだのだから、しかも庄屋の息子だから、表だって喜ぶことはできませんがね、排水口で溺れ死んだという間抜けな事態に、子供らは陰で笑ってました……それに、奴は死んだから安堵してましたよ……もし生きてたら、必ず仕返しをされただろうからね……そして、私が落としたことなど、誰も知らなかった」

久門はそう言いかけて一旦、言葉を止め、そして息を吸ってから、

「誰も知らなかった、はずですが……見ていた奴がいたんです……それが、美咲なんです……ええ、牢内で死んだ」

「そうなの……」

錦はどう言葉を返してよいか分からなかった。

「でも、美咲は誰にも黙ってた。自分の姉ちゃんも、そいつに手籠めにされたこともあるとかで、生きていて欲しくないからと。でも、話したのはそのときだけで、美咲はずっと黙ってた」

「……」

「牢で再会したのは、本当にたまさかのことでね……どこでどういう暮らしをしていたかも、詳しくは語らなかった。ただ、不幸せだったことだけは確かだ……咎人にされた上で、しまいには死病に取り憑かれてよ」

久門が美咲の話に移ったとき、錦はこう思った。美咲を殺したのではないか。自殺に見せかけて手にかけたのではないかと。その考えを見抜いたかのように、久門

はぽつりと言った。

「そうですよ……私が殺したんです」

「えっ、そんな……」

「美咲が茶碗の破片で喉を切ったのは本当です。女囚たちが騒いだので、私と他の番人らで牢に入り、助け出そうとしました。その時、美咲は私に抱きつくようにして、消え入る声で必死に言ったんです」

「……」

「ちゃんと殺して……私も……ちゃんと殺して……ってね」

絶望感に陥った顔の久門だが、錦の方をしっかりと見て、

「私も……〝も〟って、ハッキリと言ったんです。その意味が、私にはすぐに分かりました……だから私は……喉に突き刺さっていた破片を抜き取る仕草をしながら、一度……一度、突いて止めを刺してやったんです」

そこまで話して、久門はふうっと深くて長い溜息をついた。

「私は……ガキの頃に人を殺したから、その後も生きてるとしたら、悪い奴を始末する立場の人間になろうって決めた……」

「……」

「先生は立派な人で、人を信じてるから優しいけれど、世の中、そんな善人ばかりじゃない。宿痾のように、悪事を繰り返し、何とも思っていない輩はゴマンといるんですよ」

錦は唖然と聞いていた。

「でも、結局……私の心の奥に張りついている罪の影も、消すことはできなかった」

「……」

「私は影踏みが苦手でね……いや、逆だな上手かった。人の影は幾らでも踏める。しかし、当たり前だけど、自分の影だけは踏めない……私は何十年も、人の影は踏んできたくせに、自分の影は踏めずじまいだった。だから……誰かに、踏んで貰うしかない」

久門はまるで恋人でも見つめるような目になって、錦を見つめた。

「だから、私の心の影を、先生に踏んで貰いたいんだよ」

そう言ったきり、久門は黙っていた。錦も何も語ることができず、ただじっと座っていた。だが、最後に錦は、静かに言った。

「——それでも私は……どんな極悪人でも、人の心はあると思う……悪いのは生まれつきもあるかもしれないけれど、色々な事情があって、やらかしたものだと思う……救われる一点はなにがしかあるかと思う……」

久門は頷くこともなく、かといってもう否定することもなく、冷やかな顔で聞いているだけであった。

七

その夜、久門は珍しくひとりで、日本橋の盛り場で酒を飲んだ。

牢屋同心になってから、一滴も酒を口に入れたことがないが、今日は石出帯刀に正式に辞表を出し、謹慎でもないから、晴れて自由な気分になったのだ。

ただひとりで、塩辛などをあてに、一合程の酒をしみじみと味わっただけだった。

そんな久門を、隠密廻りの佐藤は密かに張り込んでいた。さらに定町廻りの佐々木や岡っ引の嵐山、他にも岡っ引や下っ引が隙間がないように取り囲んでいた。

――きっと何かやる。

という佐藤の勘で、久門を見張っていたのだ。

むろん、錦は番所医として、久門の告白を遠山奉行にだけは伝えている。だが、いずれも証拠のある話ではなく、ましてや子供の頃の罪を問うこともできないであろう。美咲に関しては、喉を切ったのは自分であり、その傷は深かった。久門が止めを刺さなかったとしても、死んでいたはずだ。ゆえに、これも立証できない。

だが、久門は、これまでも自分が関わった罪人のうち、刑期を終えた者や、無罪となって解放された者を、密かに始末していた――という佐藤の睨みは払拭できないでいた。

そのためには、犯罪の現場を押さえるしかなかった。

――辞職をしたのは、罪人を〝粛清する〟という罪を犯す決心ではないか。

と佐藤は読んでいたのである。

不安は適中した。慣れない酒を飲んだ久門は、町中をふらふらと巡廻でもするかのように歩き廻った末、京橋大根河岸近くの槍屋町に来ていた。

ここには牢屋敷が火事になった時に、逃げた奴がいる。与一（よいち）という奴だが、石出帯刀の命じたとおり、その後牢屋敷に舞い戻ったために、罪一等減じられて、敲き(たた)で済んで解き放たれた。

だが、鍵役同心として見廻っていた久門は、証拠があまりないだけで、どうせ人殺しでもしている輩だろうと踏んでいた。まさに立証はできないが、牢内の態度や話しぶりから、生きていても仕方がない〝ろくでなし〟だと思っていたのである。

ちょっとした金貸しをしていて、法外な利子を吹っかけ、返せなければ娘を岡場所に売り飛ばすというお決まりの悪事をしていたようだ。此度、解き放たれた後も、相変わらずの無法を続けようとしており、仲間内には、

「猫を被ってりゃ、役人なんざ、ころっと騙せるわいなあ」

などと調子の良いことを言っているようだった。

店とも言えないような、狭い間口の店で、与一は金貸しをしていた。その表の床几に座って足を組み、煙管を吹かしていた。三十半ばだが、どこか落ち着いており、ちょっとした色男風だった。

人の気配に振り返ると、そこには久門が立っていた。与一は着流し姿の久門を見て一瞬、誰だという顔になったが、

「こりゃ、何方かと思えば、久門様じゃありやせんか」

「うむ……うまいことやったな」

「へ？」

「あの火事は、おまえにとっては、福の神だったようだな」

「どういうことでござんしょ」

「てめえのやらかした罪がぜんぶ御破算になったからだ」

「そう言われちゃ、なんですが……あっしは焼け死んだ甚五郎とやらみてえに、阿漕なことはしてやせんよ」

「法外な金貸しではないか」

「たしかに利鞘は少々、高いですがね。他に誰も貸してくれねえ奴に、何の担保もなく貸してやってるんだから、人助けですよ」

「その代わり、人攫いや女衒顔負けのことをしてきたじゃないか」

久門が嫌味な声で言うと、与一は面倒臭そうに煙管を吹かして、

「冗談はよして下さいよ。そんな証拠がないから、お奉行様も軽い罪にした。変な因縁をつけないで下せえ」

「因縁か……因縁といや、おまえとも妙な因縁だな」

意味深長なことを久門が投げかけると、眉根を上げて、与一が訊き返した。

「美咲って女は、おまえに棄てられたんだ」

「――誰ですって？」

「牢内で、世を儚んで死んだよ。俺も同心の端くれだ。ちょいと調べたが、美咲が庇ったのは、殺された遊び人じゃなくて、心底、惚れてたおまえのことだ」

「何の話でえ」

与一はそっぽを向いて、煙管を噛む仕草をした。

「おまえを生かしといちゃ、美咲みたいな女がまた増えると思ってな」

「旦那……酔っ払ってますかい」

つきあえないとばかりに立ち上がると、ジロリと見やって、

「甚五郎たちを見殺しにしたって噂ですぜ……あくまでも噂ですがね……旦那も証拠もねえことで、人を咎めるのはやめてくれますかねえ。俺は真っ正直に、牢屋敷に戻ったじゃありやせんか」

とほくそ笑むと、与一は背中を向けて掘割の方へ歩き出した。

久門の目つきがギラつき、腰の刀に手をあてがい、鯉口を切った。

その時、路地から飛び出してきたよちよち歩きの子供が、与一にぶつかりそうになった。それを与一はさっと抱え上げて、

「べろべろばあ。いつも、よっちゃんは可愛いね。大きくなると美人さんになるなあ」

とまるで人が違ったような声であやした。その目尻が下がった顔つきも、まるで自分の子供を愛でる父親のようだった。

もしかしたら危険を察知して、幼子を楯にするつもりかもしれぬと久門は思ったが、与一の背中をぶった斬るのを躊躇った。

──どんな極悪人でも、人の心はある。

という錦の声が蘇ったからだ。

「……」

「べろべろばあ……可愛いなあ」

嘗めるように頬擦りしながら与一が、さりげなく振り返った。

次の瞬間、長屋と長屋の間から飛び出てきた数人のならず者が、久門の背中や腹

を匕首で突き刺した。

「——うっ……」

声にもならず悶えた久門を、これでもかとばかりに、ならず者たちはズタズタに突きまくった。子供を母親に返してから、与一がゆっくりと近づいてきて、

「久門の旦那……つまらねえことに首を突っ込むと、こういう目に遭うんですぜ」

と誰にも聞こえないように囁いた。

カッと目を見開いた久門に、与一はニンマリと微笑みかけた。久門は喘ぎながら、必死に消え入る声で何か言おうとした。与一はわざとらしく、

「なんだって……末期の声を聞いてやっから、はっきり言いな」

「——錦先生……やっぱり、私が……私が正しかったですね……どうしようもない奴ってなあ……奴ってなあ……」

微かに喉の奥でそう言って、久門はガックリと前のめりに倒れた。

その時、「こら、てめえら！　そこを動くな！」「逃がさんぞ！」などと叫びながら、佐藤や佐々木が駆けつけてきた。あまりの手際の良さに驚いたのか、与一は狼狽して咄嗟に逃げ出そうとした。が、嵐山たち岡っ引たちも勢いよく突進してきて、

他のならず者たちも大乱闘の末、捕らえられた。

路上では、久門が俯せになったまま息絶えていた——。


町奉行所では、十日ぶりの〝達者伺い〟が執りおこなわれていた。いつものように、鼻の下を伸ばした与力や同心が居並んで、まるで幼児のようにはしゃいでいる。久門の凄惨な死については、錦の耳にも届いていたが、まるで何事もなかったかのような奉行所の日常に、そこはかとない悲しみを感じていた。

与一を始末し損ねたことで、久門が殺されたことは、むろん錦は知らない。ただ、お咎めなしになっていた与一という高利貸しによって、殺されたことは耳に入っていた。しかし、死の直前に、錦のことを思い浮かべたことなど、知る由もなかった。

「こら。おまえたち、何度言うたら分かるのだ。ちゃんと並べ。それにだな、一斉に押しかけてくるのはやめろ」

井上多聞が制止するが誰も言うことをきかない風景も、いつものとおりである。

違ったのは、遠山奉行が直々に、参上したからである。わいわいがやがやと騒いでいた与力や同心たちは、水を打ったようにシーンとなった。しかも、みんな俯いている。

「どうした。楽しそうだから、立ち寄ったのだがな」

遠山が声をかけても、一同はまずいところを見られた子供のように居竦んでいるばかりであった。井上が俄に偉そうになって、

「だから言うたであろう。順番はきちんと守れとな」

年番方与力筆頭らしく胸を張った。が、その井上に、遠山が苦笑しつつ、

「済まぬな。順番を守らなくて悪いが、先に診て貰ってよいか」

と声をかけると、

「どうぞ、どうぞ。さあさあ」

掌を返して、井上は診察部屋に通した。

錦の前に立った遠山を、錦は視診し、座らせて触診し、問診などを行いながら、さりげなく久門のことを尋ねた。

「うむ。牢屋同心として優れていたと、石出帯刀からも聞いておったが、残念なことになったな。だが、辞職は当人が望んだことだから、やむを得まい」

「やむを得ない……どうして、ですか」

「はてさて。俺は、久門の心の中まで〝はちきん先生〟のように見透すことはできぬが、いつかは、こうなることを自分で分かっていたのではあるまいか」

「……」

「おまえのせいではない。思い当たることがあるなら、気にするな」

「えっ……」

錦はまじまじと遠山の顔を見た。笑みを返した遠山は、

「こうして間近で見ると、女ではあるが、親父殿によう似ておるな」

「私は母親似と言われております」

「いや、その頑固な性分がだ。しかも、後見人が辻井登志郎ならば、尚更、頑張って貰わねばならぬな。おまえを番所医にと勧めた辻井は、奉行所内で一番、人を見る目があったゆえな」

「――その小父様はめったに帰ってきません。お奉行様からもなんとか言って……」

「それは野暮と言うものであろう」

「でも、小父様に限って、〝囲い女〟がいるとは……」

「違う。おまえのような美しくて、いい女が同じ屋根の下におっては、石部金吉の辻井であっても、間違いを犯すかもしれぬと、自分で案じておるのであろう。こんなふうにな」

遠山が胸を揉む仕草をすると、錦の平手がバシッと飛んできた。

「あ、ああ！　な、なんということを！」

井上や他の与力や同心たちが驚愕すると同時に、どうしてよいか分からぬと狼狽していた。ゆっくり立ち上がった遠山は、

「蚊を叩いただけだ……蚊をな……」

真っ赤になった頰を掌で押さえながら、廊下に立ち去った。

錦は平然と見送りながら、「次の人、どうぞ」と声をかけたが、町奉行に平手を食らわせた女医者を目の当たりにして、みんな尻込みしていた。

「おまえが先だっただろ」「いや、おまえから診て貰え」「俺は明日でもいい」

などと与力や同心たちは打って変わって、俄に譲り合い始めた。

「少し休憩しますか」

錦は背伸びをして縁側に出ると、燦めく夏空を見上げた。入道雲の上を舞うよう

に、野鳥が飛んでいる。

ふと胸中に、久門の子供の頃の話が蘇った。もちろん誰にも話すつもりはない。

人ひとりひとりの心に影があるように、体もみんな違う。その違いを丁寧に見極めて、誰もが堅固でいられるよう、改めて胸に刻み、誓う錦であった。

この作品は書き下ろしです。

幻冬舎時代小説文庫

●最新刊
吉来駿作
炎が奔る

室町時代、関東は古河。戦乱で荒れ果てた城下に、火を自在に操る〝異形の救世主〟現る！ 命を懸けて姫と仲間を守ると決めた、愛と正義の男の運命は――!? 第五回朝日時代小説大賞受賞作。

●最新刊
倉阪鬼一郎
お江戸甘味処 谷中はつねや
思い出菓子市

江戸の菓子見本市ではつねやは思い出の菓子の注文を受けることにしたが閑古鳥。最終日、武家の妻から「早逝した父の長崎土産の、名も知らぬ焼き菓子が食べたい」との依頼が。味の謎は解けるか。

●最新刊
小杉健治
名もなき剣 義賊・神田小僧

鋳掛屋の巳之助が浪人の死体に遭遇した。傍らにタバコ入れ、持ち主は商家の元若旦那の太吉郎。巳之助と親しい常磐津の菊文字と恋仲だった男だ。巳之助は太吉郎を匿い、真相を調べるが……。

●最新刊
篠 綾子
小烏神社奇譚
蛇含草

泰山が腹痛を訴える男と小烏神社を訪れる。一向に回復しない為、助けを求めて来たが、竜晴は「自分にできることはない」とそっけない。泰山は治療を続けるが、ある時、男がいなくなり……。

●最新刊
山本巧次
江戸美人捕物帳
入舟長屋のおみわ 夢の花

美しく勝ち気なお美羽が仕切る長屋。住人の長次郎の様子が変だ。十日も家を空け、戻ってからも姿を現さない。お美羽は長次郎の弟分・弥一と共に理由を探る……。切なすぎる時代ミステリー。

幻冬舎文庫

●最新刊
神奈川県警「ヲタク」担当　細川春菜
鳴神響一

江の島署から本部刑事部に異動を命じられた細川春菜。女子高生に見間違えられる童顔美女の彼女を新天地で待っていたのは、一癖も二癖もある同僚たちと、鉄道マニアが被害者の殺人事件だった。

●最新刊
超現代語訳 幕末物語
笑えて泣けてするする頭に入る
房野史典

猛烈なスピードで変化し、混乱を極めた幕末。ヒーロー多すぎ、悲劇続きすぎ、〝想定外〟ありすぎ……な時代を、「圧倒的に面白い」「わかりやすい」と評判の超現代語訳で、ドラマチックに読ませる！

●最新刊
祝福の子供
まさきとしか

母親失格——。虐待を疑われ最愛の娘と離れて暮らす柳宝子。二十年前に死んだ父親の遺体が発見され父の謎を追うが、それが愛する家族の決死の嘘を暴くことに。〝元子供たち〟の感動ミステリ。

●最新刊
あなただけの、咲き方で
八千草　薫

時代ごとに理想の女性を演じ続けた、日本を代表する名女優・八千草薫。可憐な中にも芯の強さが滲み出る彼女が大切にしていた生きる指針とは——。自分らしさと向き合った、美しい歳の重ね方。

●最新刊
大きなさよなら
どくだみちゃんとふしばな5
吉本ばなな

「あっという間にそのときは来る。だから、月を眺めたり、友達と笑いながらごはんを食べたりしてゆっくり歩こう」。大切な友と愛犬、愛猫を看取り、悲しみの中で著者が見つけた人生の光とは。

番所医はちきん先生　休診録

井川香四郎

令和3年6月10日　初版発行
令和4年7月5日　3版発行

発行人――石原正康
編集人――高部真人
発行所――株式会社幻冬舎
〒151-0051東京都渋谷区千駄ヶ谷4-9-7
電話　03(5411)6222(営業)
　　　03(5411)6211(編集)
公式HP　https://www.gentosha.co.jp/
印刷・製本―中央精版印刷株式会社
装丁者――高橋雅之

幻冬舎時代小説文庫

ISBN978-4-344-43096-9　C0193　い-25-10

この本に関するご意見・ご感想は、下記アンケートフォームからお寄せください。
https://www.gentosha.co.jp/e/